文戲人間

曾信雄◎著

曾信雄簡介

〔教學資歷〕

民國52—55年　任苗栗縣景山國小教師

民國55—62年　任桃園縣瑞原國小教師

民國62—64年　任桃園縣楊梅國小教師

民國64—65年　任桃園縣霄裡國小教導主任

民國65—68年　任桃園縣四維國小教務主任

民國66年　取得國小校長候用資格

民國68—71年　任桃園縣奎輝國小校長

民國71—75年　任桃園縣德龍國小校長

民國75—79年　任桃園縣高原國小校長

民國79—85年　任桃園縣員樹林國小校長

民國85—93年　任桃園縣楊梅國小校長

民國93年8月　提早退休

〔重要得獎記錄〕

一九七六年教育部兒童劇本比賽優等獎
一九七六年教育部兒童文學創作散文獎
一九七七年北市社教館主辦全國論文賽首獎
一九七八年中華民國教育學術團體著作獎
一九七八年教育部青年研究著作獎
一九七八年救國團全國優秀青年獎章
一九七九年曾氏宗親總會頒發傑出宗親獎
一九八〇年教育部青年研究著作獎
一九八〇年新聞局金鼎獎
一九八三年列名中華民國近代名人錄
一九八九年任職高原國小該校榮登杏壇芬芳錄

〔出版作品〕

《晨光集》（一九六九，散文類）

《霧散的時候》（一九七〇，散文類）

《兒童文學創作選評》（一九七三，評論類）

《兒童文學散論》（一九七四，評論集）

《不是閒話》（一九七五，雜文集）

《一種遊戲》（一九七五，短篇小說集）

《聯想作文》（一九七五，教學論述）

《提早寫作引導》（一九七六，教學輔導類）

《給兒童改寫的民權初步》（一九七八，散文類）

《春華秋實》（一九八〇，少年小說集）

《會議廣角鏡》（一九八四，散文類）

《生活與學習》（一九八五，散文類）

《我教你寫記敘文》（一九八二，教學論述類）

《國小低年級國語科學習圖書館》（一九八五，教學論述類）

《面具之外》（一九九三，短篇小說集）

《風景》（一九九四，散文集）

目錄

《散文》

小說

暗流

這一切也不知是怎麼發生的。在短短幾分鐘內，他竟莫名其妙的從籠罩在他們之間的那股沉悶、冷峻、虛無的氛圍裡拔脫開來，並且情緒不斷的鼓漲，兩頰微微泛紅且滲出汗珠；兩隻眼球像正在加油猛烈燃燒的火炬，射出炙熱可怖的光芒。儘管頭頂的燈光異常刺眼，但絲毫不能消滅他那雙眼睛所給予人的顫慄不安的感覺。如果有什麼可以恰當比擬的話，那就是童話故事中，遭到敵人攻擊受了傷的極度憤怒的獅子。他這時突然從窗前車轉身，張牙舞爪地向縮瑟在彈簧床前的她——一隻溫柔纖弱的小羊，奮力撲擊過去，使出渾身的氣力貫注在扼住她脖頸的兩隻手上，可以想見的她是如何的驚恐，似乎連呼喊求饒或者求救的勇氣都喪失了。當扼住對方脖頸的手心開始感受到輕微的震顫時，他腦海裡猝然掠過一道奇異的意念，驅迫著他稍稍鬆了手。

她上半身仰臥在鋪著猩紅色床單的彈簧床上，披著粉紅絲質透明睡袍，白色的乳罩斜斜地歪向一邊，裸露著豐美成熟誘人的胸脯。她的額頭被亂髮遮去大半，臉上塗著一抹恐怖的蒼白，兩眼半睜著，黑亮的眼珠僵滯而黯淡。眼角邊漾現淚漬，長而鬈曲的假睫毛艱困地翕動了幾下，那像是在酣睡中被驚擾的一剎那夢魔立刻又鎮壓住了眼皮一般模樣。不幸的是她並非在睡夢中，而是正在憑著有限的生機與撒旦作垂死的掙扎。她那兩片薄薄的紅潤的嘴唇，正迂緩地上下掀動著。柔嫩光潔的脖頸間，看上去有點浮腫，黯紅和淡紫的指痕異常鮮明的印在上面。如果撒旦已經擄走了她的靈魂的話，無疑地這便成為人類自相殘殺的鐵證了。

僅僅幾分鐘內的變化，卻使整個屋子裡的氣氛完全改觀。在平常，那簡直是不可能的事情。而現在，他竟然在無意間使它變為可能了。這是他完全料想不到的。這時，他面向著她站在離床頭不遠的地方，看起來略為顯得肥胖的身軀像根木樁似的被牢牢地釘在那裡；從那此刻仍然綴滿雨珠的兩截風衣袖管裡露出來的手背和指頭，正在作著一種不規則的握拳又鬆開的動作——非常滑稽而遲笨的動作，顯示出他內心的惶亂無主和孤立無援，這點從他的表情上更十分清楚的顯現出來。大概是恐懼的緣故吧！他那寬闊飽滿的前額上不斷地沁出汗液，兩隻覆在濃黑眉下的眼睛這時仍滯留著燃燒過後的餘燼，不過看起來是那麼地黯淡無光，幾乎分不出滴在眼角的是眼淚還是從髮隙間滴下來的水珠？他的嘴角輕微的抽搐著，卻聽不見發出聲音來——很顯然的，他已經完全被這猝然而發的變故震懾住了。他的目光僵直地注視著仰臥在床上的女人。

想像中，死亡是人類最可怕的敵人。不幸的是這個敵人卻時刻躲藏在人類背後，虎視眈眈地伺機吞噬我們的生命。更令人感到不可抗拒的威脅是那些把人類推落地獄的魔鬼——他說是撒旦，牠們像一群吸血蟲，無聲無息地貼附到人體上。囓破血管，吸吮血液作為牠們超生的營養；或者悄悄地爬進人的心坎，將掩護在心底深處的靈魂搗碎或整個奪去，於是軀殼就慢慢枯乾、腐朽、終至毀滅。如果一個人有過一次或更多次在生與死的邊緣上掙扎的經驗，必然會欣然同意這種說法。

◆　◆　◆

僅在幾分鐘前，當我的知覺逐漸渾沌，陷入那種令人觳觫的噩夢中時，我是真的遇上了魔鬼，牠們圍繞在我周圍嘶嗥起舞，似乎歡迎我加入牠們的行列。白色的旗、黃色的旗、紅色的旗；鋼刀、戟槍、闊斧、利劍；牠們的面目個個猙獰而恐怖，三角獨眼裡射出慘綠綠的寒光，鮮血從那分不清是鼻孔還是嘴巴的洞口汩汩地流溢出來；我感到渾身軟癱乏力（可能的話，我多想拔足逃走啊！）僵直地臥在雪地上任牠們的鐵蹄踐踏；我想呼救，可是喉嚨像被什麼梗住發不出一點聲音來；我是不甘於這麼輕易地被蹂躪死的，因此我把全身的氣力都貫注在雙手上，竭力想掰開牠們的侵襲，直到氣力耗盡為止；過後，我就記不清楚發生在我周圍一切事情了。

當我確切地知道自己尚活在世間時，緊接著恐怖的夢魘而來的不是興奮，而是一種莫名的感傷。「我真的還活在世間嗎？」我不斷這樣問著自己。我對自己生存的權利產生了懷疑，我不以為這會有什麼不對的。事實上一定很多人有過這種經驗：當你長期遭受痛苦的折磨時，久而久之你會把痛苦當是一種快樂。在我恢復知覺最初的一剎那，生與死的感覺異常模糊，簡直難以區分。但能夠生存畢竟是一件愉快的事，除非你在世間也發現存在著魔鬼。

我！那個魔鬼！那個差點將我推下地獄的魔鬼，他現在站在離我不遠的地方，彷彿一伸手就可觸及。噢！我實在不願再見到他那副猙獰的面孔。別這樣虎視眈眈地瞪著我，離開我，離開這裡，走得遠遠的吧！我永遠也不要再見你。瞧！那雙手，那雙染滿血腥的手，必不至於就這樣罷休罷！我把心一橫，下一回——我是說如果他不肯這樣罷休的話，我將不再抵抗，不再掙扎，讓他可以毫不費事地達到目的。——我等待著。

兩三分鐘過去，他仍然直挺挺地站在原地，那對燃燒著烈焰的眼睛，這時已變得寂然無光，他的臉孔扭曲著，浮現一層蒼白且滿怖汗珠，那兩隻拳頭正作著不規則的屈伸動作，顯示出他的內心的惶惑不安。哦！莫非他正在懺悔剛才鹵莽的舉動？

◆ ◆ ◆

他是夠粗心的，粗心到未曾仔細觀察她是否尚餘鼻息，就確定她的生機已經瀕臨極限。他這時還是站在原地不動，兩隻拳頭仍然作著不規則的屈伸動作，可能他自己也不曾察覺這種滑稽遲笨的動作，對於逐漸趨向於暴亂的心靈是多麼地不和諧。他這時最好是利用哭喊、嚎叫來宣洩胸中的恐懼；或者走到客廳的酒櫃旁邊，喝光那半瓶威士忌，以鎮壓起伏的思潮。他終於選擇了後者。斟了滿滿一杯，用微微顫抖的手送到唇邊一飲而盡，酒精通過喉嚨，有種刺痛的快感，嚥下去整個肚腸都覺得火辣辣的。他繼續大口大口的喝著，醉意激昇上來，日光燈照得一室慘白，他開始覺得暈眩，氣血似乎急遽地往上湧，又突然間在腦門凝凍住了，整個身體像汽球般凌空飄浮起來；他感覺到自己的存在很不真實，渾身像被縛住了一般。好不容易才把兩隻手肘擱置在櫃臺上。在他對面精緻的玻璃櫥裡，陳列著十幾種高矮大小不一的名酒，這些酒有些是朋友送的，有些是自己花高價託人從外國帶回來的。在他來說，除了她——那個躺在床上的女人以外，酒便是他最珍視的伴侶。那時候，現在說應該是一年以前，當他還是個海員的時候，它曾經解除了他不少煩惱和寂寞，即使結了婚後，他仍然捨不得了斷和它的感情。他這時忽然興起一種迫切的需求，他多麼希望她站在櫃臺裡邊，滿臉微笑地給他斟酒，同時伸出一隻柔嫩的手臂擱在櫃臺上任他撫摸，滿足他的愛意。以前——那是兩三個月前吧？她總是這樣的。那種氣氛是多麼令人心醉啊！但是，現在——他艱困地別過頭，臥室的門是開著的，他可以看清楚臥室靠裡邊的一切擺設。很快的他又把頭扭正過來。在這一瞬間，他本已逐漸平靜的心靈又趨向紊雜、暴亂而至不可收拾的地步。她死了，她一定死了，他想。禁不住在內心狂吼著：你是劊子手！你是撒旦！她是你殺死的，你是兇手！她是應該這樣死的嗎？天啊！我為什麼要殺她？我為什麼要殺她？我為什麼要殺她？為什麼？為什麼？……我為什麼要用這種殘酷的手段？為什麼？……我一定是瘋子！完完全全的瘋了！啊！上帝！求求你，你也把我殺了吧！讓我跟隨她去，別讓我留在這裡，我受不了，我的頭快要爆炸了！啊！求求你，上帝！……。

◆　◆　◆

他的樣子是有點瘋了，拼命的用兩隻拳頭槌擊著櫃臺，眼淚和汗水混雜在一起滿面流淌，嘴裡哼哼嘿嘿地吐著口沫；隨後是一陣乒乒乓乓的響聲，那瓶喝剩的威士忌和酒杯一起掉落磨石地板上。在這同時，櫃臺上方那座雅緻的布穀鐘響了十二下，潮濕而靜穆的空氣中傳來教堂清脆洪亮的午夜鐘聲。

我必須承認：他是一個外表看起來冷酷淡漠而心地卻相當溫藹和善的男人，往往他在做錯了某件事卻偶然察覺到對我有什麼不過意的地方時，便表露出自譴的臉色和一副愧疚的神情，在這種情形下，我是無論如何也不忍心苛責他的，何況，我本身也經常犯著小小的但卻令他感到厭煩的過錯。我們結婚已經快一年。要說我們都生活得非常幸福愉快，那是騙人的話。當然，我們不是沒有過幸福愉快的日子，但卻是短暫得可憐。在這世界上，誰能保證悲劇不是隱藏在幸福背後呢？……

我現在可以確定我還好生生的活著，並且確信他必不致於再對我有進一步殘暴的動作；這份生存的權利我可以充分的掌握住了。即使如此，我也不覺得怎麼快慰或引以自豪。這本來是猝然性的突發事件，在布穀鐘聲響十一下的時候，我完全不曾想到它會發生。我得好好整理自己紛亂雜碎的思維，靜下心來回想它發生的經過，啊不！我這時絕不可能會有這種心思。腦海裡亂閧閧的，意識一片渾沌。眼皮艱澀沉重彷彿被鉛塊蓋住似的。我竭力想使自己恢復像一刻鐘前的清醒狀態，可是總覺得力不從心。我不否認男人的手掌是夠粗壯的，無論有多大的能耐也不易承當得住。當他撲過來（那模樣像極了一頭餓得發瘋的野獸。）扼住我的脖頸時，我曾奮力抗爭，但不久我就整個人癱瘓了。

我的喉嚨仍感到一陣陣的刺痛，像被針刺穿了一般，尤其難受的是我竟然思索不出如何處理我紛亂的思緒。

從開著的臥室的門，我先是發現他的兩隻手肘枕在櫃臺上，後又用拳頭拚命的槌擊櫃臺。我不知他喝了多少，以致瓶跟杯子摔破在地板上。他的酒量不小，平常他是不容易醉的。叫我替他斟酒，陪著他淺酌，似乎成了每天晚上不可少的樂事，但是最近兩三個月來，因為某些特殊的緣故，它已不再是每晚必要的一件事。

房子外邊不再聽到淅瀝淅瀝的雨聲。每逢落雨的夜晚，我總喜歡懷想一些美妙的往事。我知道，今晚，甚至今晚以後，我將不再堅持這份興緻了。

◆ ◆ ◆

聽到布穀鐘的響聲，他突然從暴亂的思緒中慢慢冷靜下來。他抬起擱在櫃臺上的一隻手，拼命地揪扯自己的頭髮，同時伸出另一隻握緊的拳頭猛力地槌擊櫃面，這一切的努力都是為了渲洩心中的不快，或是這些不快所引起的聯想。顯然他是失敗了。最後不得不抬起頭注視著那座布穀鐘。它是他從香港帶回來送給她的。他喜歡那份古典，那份玲瓏雅緻，尤其它的樣子酷似布穀鳥，更使他愛不忍釋。也許並不純然是這種理由呢——這時，許許多多燦爛瑰麗的畫面，恍恍惚惚地在他眼簾交替閃現，只覺得自己輕盈得像飄浮在大海上的玩具帆船——這是他小時候渴望得到的玩具，可是卻一直沒有得到。他只有那隻布穀鳥，不是玩具布穀鳥，而是一隻活生生有著黃褐色羽毛的布穀鳥，現在亮現在他眼前的就是那隻布穀鳥。呵！這是好久以前的事？——

他記得：那是小學五年級，一個炎夏的午後，他逃課到山中去。當他用石塊擊落那隻蹲伏在樹梢間憩息的布穀鳥時，一個年齡和他相近的女孩出現在他身邊。

「牠翅膀受了傷，來，帶牠到我家敷藥去！」她說。

也沒有徵求他同意，她便逕自走在前面引路。這個女孩跟他同班那些懦弱膽小動不動就向老師報告說男生欺負她們的女生截然不同。那對眼神，給人一種安定而充滿自信的把握；嘴巴小小的，大概是不經常開口的緣故罷。她走在他前頭，步伐輕巧而速捷，那件褐色帶白點的上衣使得她很像一隻梅花鹿在奔躍。他們穿過一片相思林，又越過一條小溪，到達了一座破陋的茅屋前。

「我和公公住在這裡。」她指了指裡邊說。

那時他覺得很奇怪，凡是附近的山頭他都跑遍了，為什麼從來不曾察覺這座殘舊的茅屋裡住著人家。這樣想著，禁不住多望了小女孩兩眼。她立刻說：

「你不要怕，我公公對人很好，他會看病，講故事，又會教我寫字讀書。」

「妳是誰？」他稚拙的問。

「不告訴你。」小女孩現出慧黠的笑容，只這麼一忽兒便消失了。她又說：「我們搬來這裡不久。」

「你為什麼帶我來這裡？」

小女孩沒有答話，他正想追問下去，一個白髮皤皤但看上去仍很健朗的老人出現在茅屋門口。

「公公。」小女孩喚了一聲，迫不急待地跑上前去：「他打傷了一隻鳥，我帶牠來敷藥。」說著，也沒有經過他同意便搶去了他手裡的布穀鳥。

「你叫什麼名字？」老人慈藹的問他。

他默不作聲。說不上害怕，他只是對這陌生的環境有點不習慣而已，一種奇異感刺激著他小小的心靈，他打消了原先準備掉頭逃跑的念頭。

老人招呼他進去坐下，一面替布穀鳥裹傷，一面嘰哩咕嚕地說了一大堆話，他佯裝很用心的聽，實際上卻抑制不住好奇心，不斷地瀏覽屋子四周，還不時分出一部份眼光瞥視那個蹲在老人身邊臉孔相當秀氣的小女孩。

這次「奇遇」以後，他有很長的」段時間，一有空便往山上跑。小女孩說得不錯，老人會講很多很多的故事；課堂上，老師講述過「魯濱遜漂流記」，沒想到老人講的比老師更精彩，更有趣。老人還教他唱歌、畫畫、遊戲以及獵取小動物的各種方法。他對老人敬佩得簡直五體投地。暗地裡還擔心著老人有一天會突然離開這裡，因為小女孩向他暗示過：老人過慣了流浪的生活。

因此，當老人和小女孩不告而別時，他心中的愁苦簡直無以復加，唯一留下來給他的便是那隻被關在木籠裡的布穀鳥，原先，他把牠當作是一種吉祥的徵兆，因為由於牠使他鬱悶的精神得到抒解，暫時忘掉「阿母」那張苛毒的嘴臉。後來，那是說自從老人他們離去後，再也沒有什麼事物可以抒解他小心靈中的苦悶了，於是，他修正了自己的觀念，讓那隻布穀鳥恢復自由，不過，在以後漂泊流浪的歲月裡，他還時常會懷想起牠來。

當他仰起頭注視著那座布穀鐘的時候，我敢打賭他必然很快地沉浸在回憶中。嚴格地說：他是個感情相當豐厚的男人，只要是和他的愛情相關的事物，無論大小總是小心翼翼的加以珍惜。這點習性，我們是非常相近的。提起小時候捉布穀鳥的往事，會感到我們的認識是多麼滑稽而有趣；談到公公教給我們的那套獵捕斑鳩、雉雞的方法，就會覺得那可憐的老人髣髴還站在我們跟前，儘管他已經去世快廿年了。至於捉泥鰍和捕魚蝦的趣事，那就更值得回味。我還記得有一個炙熱的八月天，公公到街上去賣雞籠子（這位可憐的老人在他的媳婦病死又遭兒子遺棄以後就只好靠這份手藝養活我。）我們相偕走過一山又一山，最後我們躺在曠野中間的一塊草地上，蜜蜂在附近的花叢裡飛鳴著，畫眉鳥在不遠的枝椏上唱著歌，並且頭頂上還有那一大片澄清淨朗的天空和那搖蕩的陽光照射著；一捲捲棉絮似的白雲悠遊的飄飛過去，那搖蕩的綠樹發生的聲音如同一闋美妙的音樂；向曠野的遠處望過去，無數起伏的峰巒和朦朧的幽谷，沉溺在恍惚的靜寂中；風聲、鳥語、陽光和花香，使這個美麗的世界舞躍在一種燦爛的氛圍中；我想這該是我所想像的最和諧、最完美的樂園了。當然，可想而知，我們是多麼地快樂和滿足。但是，在這種盡情的享樂當中，我們也有著不幸的一面，那是關於他目前所處的環境。我記得他是用一種淒楚而隱含著憤恨的聲音說的——

我心裡並不快樂，這點妳可以從我臉上看出來。不過，我應該是很幸福的，就像妳，如果母親不早死的話。我的母親在我九歲的時候就死了。她死後不到一年，父親便再娶了一個女人，這個女的是死了丈夫的，還帶過來一個比我小一歲的女兒，我不知道父親為什麼要她，附近的人暗地裡都說父親傻，但是父親卻認為娶她可以照顧我。我可以對天發誓，她嫁過來以後便沒有讓我過一天好日子，她時常無緣無故的打我，罵我，不給我錢交學費，上學吃便當常常不給我帶菜，放學回家便趕我出去做田事。我的妹妹，不！她不是我的妹妹，只是她的女兒，因為她從來沒有喊過我一聲「哥哥」，她雖然年紀比我小，但是卻常常欺負我，如果我打她一下，我便要受到更大的懲罰。父親對這些情形都知道，奇怪的是他卻故意裝著不知道，鄰居都說他怕老婆。以前父親不是這樣的，他很愛我，把我當作寶貝似的疼愛，但母親一死，他的態度就變了，變得喜歡賭博、喝酒，田裡的工作放著不做。我不明白究竟是什麼原因使他改變？有時，我一個人愈想愈氣，愈氣愈難過，所以，也就不想讀書了，時常逃課。四年級下學期我還保持全班第三名，這學期退到十八名，老師也變得不太喜歡我了。說來說去，這都是那個「母夜叉」一手造成的結果。「母夜叉」這三個字妳聽說過嗎？我也是聽人家講的。妳能說我不恨她嗎？我恨她！真恨不得她快點死掉。有時看見班上那些兇惡的女生，我也像恨她一樣恨起她們來。

他說到這裡，我趕忙用手勢制止他繼續說下去，倒不是完全因為他臉頰上的兩行清淚引起了我過度的同情，生怕他說下去會引發我的眼淚氾濫成災；而是我也急於告訴他我的不幸身世。關於這點，公公一向禁止我向任何人提及，但是那時我情感的火種已經被他點燃，就顧不得這項「禁律」了，我相信我那時說得比較簡短，而且不像他一面講還一面用手揩眼淚。

正如你所說的，如果我的母親不早死的話，我也應該有個快樂的童年。我比你更不幸，母親在我出生那年便得病死了。不到一年，父親（其實，後來我想：他怎能算是我父親？充其量不過是間接謀害母親的劊子手罷了，因為公公告訴我：母親是患「產褥熱」死的。）便拋棄了我們跟另外一個女人走了，以後就不曾再回家過，你可以想像得到，那位可憐的老人，我是指公公，當時是多麼的失望痛苦。一直到我懂事以後，還時常發現他捧著父親和母親的結婚照片默默地掉淚，但是他卻從來不曾在我面前怪怨父親一句，而老是說我們的命苦。其實，這都是不負責任的父親一手造成的。所以我也恨透了所有的男生，只除了公公例外。公公像是一位神明，我雖然沒有上學校，但他教給我一切。他訓練我學習堅強、忍耐，並且要有仁慈的心腸，我想我是大半做到了。你說是嗎？

「你不恨你父親？」他當時用不太信任的眼光盯著我問。「這是難免的。」我回答：「但我只能恨在心裡，你千萬別告訴我公公。」

那天，我們一直在曠野徜徉到落日時分才踏著疲憊的步伐回去，在「幸」與「不幸」的傾訴中，我們渾忘了饑餓，也忘了盡情享受在困乏蹇促的現實中難得的美妙時光。

◆ ◆ ◆

沉浸在回憶中，他似乎忘了那個躺在床上不知死活的女人。他眼簾閃現的盡是那個成熟、懂事的小女孩的影子。那雙靈巧而充滿自信和耐力的眼神恍恍惚惚地在他眼前閃爍，那眼神裡意味著一種對世人無知的嘲諷和愚蠢的同情。在這二十幾年流蕩飄泊的日子裡，他終於能夠在絕望無助中站立起來，那小女孩是他精神上的一大支柱；即使在那段童年的不幸歲月裡亦然。那時候，他確切地知道：在父親漠不關心和「母夜叉」的凌虐之下，國校畢業後欲踏上另一學程的階梯，無疑是一種妄想。於是，他開始流浪。從一個身無分文的流浪兒開始，經過二十幾年的奮鬥，終於幹上了「大副」這項成果是值得他驕傲的，可是他卻總覺得缺少或失去了什麼而讓心靈長期的忍受孤寂空虛的煎熬，也許，那個小女孩未能在他的生命裡佔一份實在的地位是重要的緣故吧！

從那年老人和小女孩不告而別直到今天，他一直讓屬於感情的空間虛懸著，自然這須憑藉著一股不撓的毅力和對「希望」強烈的寄託才能辦到。他不是「聖人」，何況海員生活的本身就是這種渺茫的「希望」的障礙。然而，畢竟也有「奇蹟」出現的時刻哩！想到這裡，他是真不願再想下去，因為假如沒有那夜的重逢，就不會有今夜這種變故發生。他這時突然發現她有點動靜，那似乎是醒轉過來的跡象。哦！上帝，她終於沒死。她還活著。是的，她應該還活著的。她不會那麼輕易地去投靠上帝的。她說過：她的「心」至少已死過一百次，但是她畢竟還是好生生的活著。事實上，從她來到這個世界開始，她就是個生命力異常堅韌的女人啊！

◆ ◆ ◆

在慘白的燈光下，他拋送過來的眼光，已不再射出憤怒或恐懼的火焰，而顯得溫和些，至少意味著關切或某種程度的憐憫。只這麼一瞬間，就使籠罩在屋子裡的愁雲慘霧沖散了些。我瞭解：他應該從那種激怒的暴亂情緒中平復了過來。那張臉，不再是魔鬼的臉，也不再是野獸的臉，我想他應該具備一種從地獄裡找回自己的屍首一般的心情：要不然，他的眼光不會在我身上停留那麼長久的時間。

那晚，就是我們久別重逢的那晚，他也是拿這種眼光定定地注視著我。

那是個下著滂沱大雨的深夜，快打烊了，他才興沖沖地跨進酒吧門口，領班「翠翠」禮貌地對他說：

「先生，對不起，我們要休息了。」

他抖抖衣帽上的水珠，固執地說：

「沒關係，我只喝一杯。」

當我認出是他時，一種快意的暈眩幾乎使我把持不住。睽別了這麼多年，誰敢預料會有這麼一天呢？我怔怔地呆立在櫃臺後面，胸腔有若洶湧的波濤起伏不定，一顆心盲目地奔撞著，思維也一片紊亂；想迴避，又不願放棄這個機會，我深知這個機會的不易獲得。噢！那真是我卅三年生涯中感到最棘手的一件事。

我無法明確地記憶當他認出我那一剎那間驚疑參半的表情，但那雙意味著關切或某種程度的憐憫的眼光卻是我永遠無法忘懷的。

「倦了。」當我問起他長年海上生涯的感覺時，他舉杯對我苦笑：「海風拂在臉上快有種瞌睡的感覺啦！妳呢？」

我說我也倦了。並且坦白的告訴他：我想成立一個「家」，做個「真正」的女人。

「那很容易。」

「我的心已死過一百次。」我搖頭。「找個好男人不容易。」我說。

「我該是你要找的那個人吧？」

「嗯……」

「記得布穀鳥的事嗎？」他問：「老人呢？」

「離開那座茅屋不久就死了。」我黯然地回答：「可憐的公公也許比那隻布穀鳥的壽命還短哩！」

「妳對我太殘忍，太自私，妳必須承認不告而別的錯誤。」他流露出幽怨的神色，喃喃自語：「幸而那次錯誤並沒有斷送我的一輩子，反而使我更勇敢、更堅強。」

無論他是責備也好，暗示的感激也好。我必須承認：我那時對他存在的好感，是基於「同病相憐」的理由，後來才發覺並不盡然。多年來，他的影子播植在我心田，曾試著去拔除，但總歸失敗。我還記得公公常說他會有出息。我終於明白搬離那間小茅屋時，公公堅持不讓他知道的原因。

「過去的且不提它。」我說：「只要你願意，以後的日子我會補償你。」

我把半杯酒送到他的唇邊，然後和著我的微笑一飲而盡。

最大的痛苦莫過於在苦難中回想快樂的時光，但這卻是很難避免的。他現在最感到困擾的就是目睹那座布穀鐘之後所引起的種種回憶與聯想，使得他愁苦迷亂的心情滲入了些許無可奈何的成份。他已經確切的明白她還活著。恐懼感逐漸從他心中消失。一股關切和愛憐的意念驅迫著他移動步子。看起來他是一點也不像醉的樣子，但是他的步履顯得異常遲重。他身上的風衣在強烈的燈光下閃著光，穿在他身上是挺合適的，如果不是他臉上那層陰霾，那麼他算得上是一個挺拔瀟洒的男人，論年紀，他才卅四歲，正是年輕力壯的時期，而且他本身又具備特殊的專長。按理說，這樣的一個男人實在不難獲得一位理想的妻子，可是他卻極力避免。並非他不需要女人，而是女人在他心中佔的地位不大。主要的是他不想出賣他的自由；他更不敢奢望婚姻生活會帶給他快樂。自然，這和他童年生活的環境關係是異常密切的。

這時，他已經走到臥室門口。一種奇異的念頭使他止住了前進的腳步，於是他就倚著門停頓下來，因為隔床還有四、五步遠，而且女人的頭靠近牆壁那邊，所以他無法看清楚她臉部的表情，僅能從她起伏的胸脯上發現她活著的象徵。她的兩腿成倒「V」字形懸在床下。裸露部份的皮膚柔嫩光潔，如果勉強抛開心中的不安和愁苦，而設想在另一種場合，該是一幅撩人情思的畫面。而這種與現場氣氛絕不調稱的設想，對他顯然是多餘的；他正努力於滌除適才猝然萌生的意念所帶給他的困擾。

他告訴過那個仰臥在彈簧床上的女人，他不純然是為了厭倦漂泊流浪的枯燥生活而和她結婚。她也暗示過他：她並非為了「好奇」而嫁給他。兩人的理由是相同的，那似乎像兩顆埋在地下的種子因了一場春雨而同時冒出了芽。那幾乎是他們共同的願望哩！

「我要盡我所能補償你失去的溫暖。」他對她說。

「我也同樣必須為你盡一份義務。」她回答：「失去母愛的人是最可憐的。」

於是，在一個細雨濛濛的冬天下午，他牽著她的手走進了教堂。

最初一段日子，他們炙熱的愛情融化了冰雪，驅散了嚴冬的酷寒。

但是，過了春天到了夏天的時候，他便開始對身邊擁有的一切失去了興趣或者可以說是厭煩，甚至警覺到他這一生最大的錯誤便是和她結婚，這種觀念演變的結果，幾乎斷送了他的後半生。這種變故的發生，從他的神情顯示出他已陷入了一種困惑的境地。

◆　◆　◆

當布穀鐘響過十一下以後，我可是真有點不耐煩起來了，我踮起腳尖沿著客廳的沙發繞了幾圈；又到廚房去看了一下我特地為他做的排骨和豬腳，發覺它們有點冷了，我又開了電爐暖了會兒；它們的味道令我垂涎，但我卻執意地盼望他回來和我一起享用。踱回客廳的時候，依然聽不見樓下有任何聲響；這漫長的等待時光對我是太殘忍了，儘管我已經逐漸能夠適應或者說是習慣了，要做到這地步可並不簡單，我必須勉強抑制自己努力忘卻那些令人心碎而不愉快的事情。而事實上，很多事情是無論怎麼努力也難忘記的，我警覺到由於這等待時光的難耐，它們——我是指那些令人不快的事情，又在我心胸中蠢蠢欲動了。我警告自己必須立刻殺死它們，這樣才不致於在他突然出現的時候因看見我臉上的怏怏之色而皺眉縮頭甚或發一頓脾氣，對於這些，我是忍受不了的。——我知道每晚他總是在十一點鐘左右回到家。

大概又過了一刻鐘吧！樓下仍然了無聲息。這樣的等待，換了任河人也都會感到煩躁、不安。我從沙發上站起來走到窗前，拉開布簾見到的是一幅似濃濁的潑墨畫的夜空，飄洒著霏霏的雨絲，遠處閃爍的燈火，看起來有點像「天方夜譚」裡的神燈，給人一種撲朔迷離的感覺。我相信外邊一定很冷，但屋內卻異常暖和。我只穿著一件薄薄的透明睡袍也絲毫感覺不出冷意。如果可能的話，每一個做妻子的人晚間都習慣於這種穿著吧！哦！我是說如果丈夫喜歡的話。對於他，我是樂意如此的，並且他也喜歡我這樣做。雖然有時候憶及過去那段辛酸的日子，免不了會使我自慚形穢，但他卻替我解釋說那是為了討生活。「或者，為了活得更舒適。」他又補充說。不管他是在安慰我抑或是一種暗示的嘲諷，我都接受。因為我現在是完完全全的屬於他。

我在窗前站了很長的一段時間，其實那只是一刻鐘的光景，但是在我的感覺裡卻覺得每一分鐘都像一個鐘頭。奇怪的是我竟開始由煩躁不安而逐漸靜下心來，我想我是幾乎完全絕望了，那是說對他歸來的期望是落空了，這將是一種極大的不幸。我想像得到，「翠翠」說的那個叫「莎莎」的女人此刻的心境一定跟我截然不同，雖然我並不認識她，但我知道她這時的眼睛必然流露出幸福滿足的神采，她身邊的男人不是在撫摸著她圓滑的臂膀，就是在吻她柔軟的嘴唇。⋯⋯「翠翠」說過她比我年輕、美麗；這是任何一個做妻子的人所不能忍受的；除非她也像她的丈夫一樣的恣意縱情。

「妳一定得注意他的行動。」那是夏天過後不久一個帶點冷意的早晨，我在碼頭附近碰到「翠翠」。她說：「我那天晚上看見他和一個年輕、漂亮的女孩走在一塊。」隨即，她又補上了一句：「別太信任男人，天下間挑不出幾個值錢的。」

我被她這幾句話震懾住了。我相信我當時的氣色一定相當難看，簡直想狠狠給她幾記耳光。我直以為這是她對我的一種莫大的侮辱：我實在難以忍受一個污蔑了丈夫人格尊嚴的女人。

但是，過了半個月以後，我知道「翠翠」的話一點不假。換個角度說：我和他——那個現在站在門邊的魔鬼變的男人之間的一幕不知要以悲劇或喜劇終場的「鬧劇」便開始上演了。

我簡直難以找到正確的答案，為什麼結婚還不到一年他就對婚姻生活厭倦了？對我來說，最初一段日子，也就是在夏天來臨以前，我可以毫不困難地說出我對婚姻生活滿意的程度。我不用在燈紅酒綠中仰視男人的臉色，他也不必在浩瀚無垠的海上飽嚐鹹濕味的海風。那是一段我生命中最愜意、最甜蜜、最快樂的時光。當然，在另一方面，我也察覺到了隱埋在他心靈深處的「叛逆」與「仇恨」的因子，並且不時的在日常言行中爆裂開來。毫無疑問地，我現在想：那些因子就是使他改變的主要因素。

「妳不要把我約束得太緊，那樣我會受不了。」他有一次對我說。

「我只是關心你而已。」

「但太過關心，妳會變得像我記憶中的『母夜叉』，妳知道的，我至死也恨她。」

的確，我只是努力地在履行我的「義務」。我對他表明過：我嫁他並非為了「好奇」，那應該是屬於我們共同的願望。因此，我必須盡一切力量使他感到家庭的溫暖，我想這應該和他小時候告訴我的玩具帆船一樣是他所熱切渴望得到的。

然而，我一切的努力終歸徒然。他由熱情、溫柔、體貼變得冷酷、粗暴、易怒，並且那種善良的天性也深深地隱藏了起來，這是夏天快近尾聲時的變化。然後，當秋天來臨時，我們之間的關係更形惡化。白天一大早他就出去，直到深夜才意興闌珊的歸來。他不再讚美我的微笑眼神和衣著；也不再要求我陪他淺酌，以前他老喜歡這種情調的。最後的結局就是他不理會我的忠告，而在外邊姘上了那個叫「莎莎」的女人。

我不明白他是不是存心把他所謂的「母夜叉」所施予他的凌虐意圖報復在我身上；而對他姘上的女人我是無論如何也不能忍受的，這使我聯想起我那「冷血」的父親——我承認由於我對他的抱怨，曾激發我報復男人的決心，事實上我也曾從這其中獲得了一種變質的快樂——那和我從他那裡得到的快樂是絕對不同的。現在我覺得疑惑的是過去兩三個月來自己為何能夠忍氣吞聲？否則，像今晚這類的「不幸」事件可能早已發生了。

布穀鐘的響聲告訴我現在已是凌晨一時。那個魔鬼似乎正做著走前來的打算，無論他這時心裡想些什麼，他必然還記得剛才——也就是一個鐘頭前所發生的事情。

十一點過半的時候，我聽到樓下他的腳步聲（他身上那把鑰匙使他即使三更回來也毫無阻攔。）立刻跑到樓梯口去等他。我發現他的神情相當不愉快。我要替他脫雨衣，他狠狠將我的手從他肩膀上甩開。我心裡因為難受而直想掉淚，但我還是表現出毫不介意的樣子。我溫柔的告訴他準備好的菜，同時準備去酒櫃取出那瓶他喝剩的威士忌，但是，他卻一把將我拖住。

「妳怎不先睡？」他惡聲惡氣的問我，我聞到一股酒味。屋子內的氣氛相當沉悶、冷峻、飄忽。

「我在等你回來。」我低聲下氣地說。

「假惺惺，哼！」他叫吼著：「妳們女人都一樣。」

「怎麼了？」

「天曉得是怎麼了？我們無緣無故吵了一架。」他的眼裡燃燒著憤怒的火焰，兩頰泛著紅光。

他的確像吵過架的樣子，除了「莎莎」不會有別人，我這樣想著，儘管心中如何的不快，也還是強自隱忍著。

「我想那沒有什麼。」我說。

「混蛋！」他突然揚起右手一巴掌落在我臉頰上，由於離他太近，我連閃避的餘地都沒有。我感覺整個臉火辣辣的隱隱作痛。他的殘酷、兇狠和無理，將我的耐性焚滅得乾乾淨淨，也將我的自尊心徹底摧毀無遺。

「你不講理。你是魔鬼。」我撫著臉頰一面哭叫，一面向臥室跑去。「你根本不是人，根本不是人，連禽獸也不如。」

「我不是人，對！對！我不是人，莎莎也這樣說，我是禽獸！」他狂吼著追過來，像老鷹抓小雞似的將我兩隻肩膀提幌著，又將我轉過身來用手扼住我的脖子，粗厲地叫。喊著：「『母夜叉』，我要妳死！要妳死！懂嗎？你們這些女人都該死！……」我只聽到他斷斷續續地喘著氣，以後他說些什麼就記不清楚了。他的手掌是這麼地粗壯，氣力是這麼強勁，我雖然拚力掙扎，也無濟無事，最後，只有聽任他擺佈。

現在我仍感到四肢無力，全身軟癱成一堆，喉頭像被什麼梗住一般，鎖著一屋子悶熱，空氣好稀薄，連呼吸也覺得力不從心。我知道我還活著，但是我始終想不出一個心平氣和地探求恢復正常關係的途徑。也許，他在沒有極端憤怒時拿刀扎進我胸膛是一種錯誤。噢！那個魔鬼，那個兇手，他移動步子走過來了。噯！我該怎麼辦呢？我該怎麼辦呢？……

（發表於《台灣文藝》）

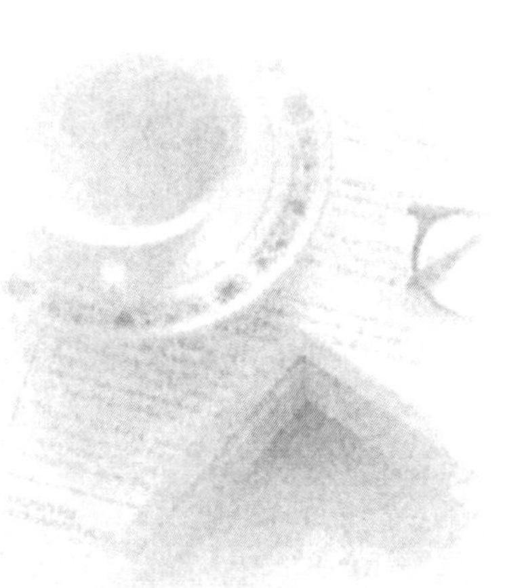

情結

從他瘦削但看來頗為開朗的臉上，我捕捉到一絲困惑。

「余風，我老感到奇怪。」他定定地望住我：「菁菁年輕漂亮不說，又是外文系的高材生，你怎麼老是避著她？昨兒晚上——」

「老錢，別提昨晚兒的事。」我不耐煩的說。

「可是，你這樣的態度，對我總應該有個交代啊！人是我介紹的，關係也是我拉的，現在，菁菁對你一往情深，而你卻避得遠遠的，好歹總得說出個道理來呀！」

「老錢，說真的，我不夠資格，跟她站在一塊，我總覺得自己矮了半截，她太活躍，我們之間的差別你是一目了然的。」

「你說的這點，我當然瞭解。」他歪歪嘴角，有意無意地讓肌肉舒展舒展，一付老謀深算的德性。「不過嘛！感情這碼子事，有時確是叫人愈想愈迷糊的，想要的，得不到；不想要的，卻偏偏送上門來，哈哈……」自顧自的乾笑幾聲，又接著說：「余風，不是我說你，這碼子事認真不得，一認真麻煩就來了，你懂得我的意思嗎？」

「我不懂。」

「我解釋你不嫌嚕嗦吧？」

「我洗耳恭聽。」

他探身往清澈的池水撈了一把，往臉上抹抹，小水點立刻印滿了一臉。四月天，太陽光熱辣辣的彷彿一下子就要吞噬春意。

「我不說你也應該明白我的意思。」他掏出手絹揩掉，流滴到鼻尖上的水珠子。「余風，我知道你在鄉下還有位青梅竹馬的女朋友，但是你們之間的關係並不很親密，對不？這也難怪，你一年只回家幾趟，每次回家又都是匆匆忙忙，這一來你們倆的感情可能會漸漸疏遠呢！」

「老錢，這是我自個兒的事，用不著你瞎操心！」我說：「還是談你的主題吧！」

「我的意思是說，你別對那個鄉下姑娘——嗯，不……」

「她叫盈秋。」

「噢！是！是，盈秋。」他賠一臉不是：「你別對他死心眼兒。這年頭啊，今朝有酒今朝醉，愛情這檔子事也不例外。菁菁對你不壞，你可以敷衍著玩玩，回鄉下又有盈秋侍侯你，一馬雙鞍，豈不享盡了人間艷福？」

「這福我不敢享。」我篤定的說：「你是知道的，我向來反對『騎牆派』的愛情觀點。」

「我們常為這事伴嘴，現在暫時撇開不談，不過，你得告訴我，昨晚兒到底是怎麼回事？」

昨晚兒到底是怎麼回事？我也搞不清楚。

昨天傍晚，突然下了一場毛毛雨，潤濕了乾燥的空氣，也滋潤了人們乾涸的心靈。雨後，有點涼意。洗過澡，打算慢慢散步走到「南北小吃店」晚餐。通常，我的晚餐時間都是在這家小吃店渡過的，學校的伙食費貴，吃的又不見得好，只好自己在外頭包伙。從宿舍到這兒，步行只需十五分鐘；平常我都以一輛破鐵馬作交通工具；碰到心情舒坦時，我總喜歡走路；就像昨天傍晚，陣雨剛過，原本灰濛濛的天空被雨水沖刷得乾乾淨淨，遠山一片藍，有雲絮盤在山腰抖動。空氣清新極了。面對這種情景，使人心懷格外舒暢。

當我走出宿舍大門，正想抄人一條小巷時，一個熟悉的聲意使我停住了前進的腳步而回過頭。

我有種受窘的感覺。每次菁菁喊我的名字，我都會有這種感覺。——事實上，在我念小學時就已經嘗過這種滋味，那是漂亮的女老師用著卑夷的眼光，望著我破爛的衣裳喊「余風」時。真該死！這種芝麻大小的事情居然深深地刻印在我腦海中，而且越來越明顯，越擴大。偶而，菁菁在背後喊我，我會下意識的以為是那位漂亮的女老師復生了——聽說她是下嫁一位富有的風流丈夫而活活氣死的。

「余風，你上哪兒去？」那抹微笑漾在她臉上，就像一束玫瑰或薔薇插在精緻的花瓶中一樣美麗動人。

「我想——散散步。」我回答得相當遲拙。這是我事後才想起來的。

「剛下過雨，空氣清新，我也想去散散步，經過這兒，湊巧遇上你。」

何必作多餘的解釋呢？我心想。有點為她難過。

「多一人你不介意嗎？」她面帶歉意地問我。

「只要妳樂意。」

一路上，菁菁盡談著「男人禁地」裡頭風趣的事情，逗引我情不自禁樂呵呵的笑出聲來。她不僅人長得俏麗，口才更流利，加上女孩子少有的風趣、幽默，形成了屬於她的一種特異的氣質；聽老錢說，拜倒在她「迷你裙」下的男士不下一打之多，但她，老錢說：「偏偏對你余風情有獨鍾。」也許我正如老錢所謂的「人在福中不知福」吧，我總覺得她並不適合於我。她的音容笑貌，很容易使我想起小學時那位漂亮的女老師。坦白說：我對那位女老師免不了是有點記恨的，因為她在我破爛的衣裳上投注了太多卑夷的眼光。……

我們走進「南北小吃店」的時候，有七八對熱切的眼光拋過來，當中至少有一半是我熟悉的，我聽到他們在竊竊私語：

「老余這傢伙真有兩手，毫不費事的就追上了這漂亮的妞兒。」

「嘿！你懂個屁！人家是倒貼小白臉的，你死追活趕，一輩子也輪不到你。」

「喂！你別給老子洩氣好不好？小白臉雖然在情場上佔了點便宜，但我這黑臉瞠也有不少女人欣賞呀！」

然後是一陣哄笑。

我望著菁菁，突然有股無名怒火冉冉上昇，我極力想壓抑下去，但辦不到。最鮮明的意思是——我不該帶她到這兒來。

她提出要求的時候，我不該那麼慷慨地應允她。現在，我只能自己後悔。

四十個水餃端上來的時候，她向老闆要了一瓶啤酒。

「我很少喝酒。」我說。

「慶祝我們第一次共餐。」她笑盈盈的說。

我不再說什麼。

賬，毫無疑問的該由我付，儘管我口袋裡的錢並不充裕。但是，當我伸手掏錢的時候，她已經把一張百元大鈔塞進老闆手中。

角落裡的聲音過來：

「這傢伙的確有一套，連吃飯錢也有妞兒代付。」

「人家是千金小姐，根本不在乎這點錢。」

「奇怪，既然有錢，怎不釣隻金龜婿？」

又是一陣哄笑擲過來。

我的情緒突然間起了極大的波動。上升、下降、上升、下降；好似在懸崖徘徊，在深谷蹀步。經過一番掙扎，我終於低沉的吼了一聲：

「老闆！賬由我付。」

「余風，我付不是同樣嗎？」

「我付，我付，聽清楚了沒有？」憤怒的吼聲。我有點不相信是發自自己的喉嚨。我就在這種莫明其妙的情形之下，獨個兒悻悻地走出「南北」的店門。

◆　◆　◆

在感情方面，我很能克制自己。

即使是青梅竹馬的盈秋，我也不曾對她有過進一步親熱的表示；為了賺取學費，我兼了兩處家教，一年難得回鄉下幾趟。就是舊曆年，也只在家裡停留個把星期。說真的，如果不是為了掙錢念書，我是不樂意長年把自己拋在外頭的。家鄉的房子雖然簡陋，但充滿溫暖；家鄉的親朋雖然沒受過多少教育，但純樸親切，充滿人情味。而在都市，我住了將近三年，卻仍然抗拒不了它的冷峻和陌生。

大學生活是自由的。若讀大學只是為了混一張文憑的話，日子是挺容易打發。而且，只要你有充裕的金錢和時間，學校裡形形色色的女孩子，任由你選擇，在感情的領域裡，是絕對不愁空虛的。

三年的日子不算短，但是我的感覺，它恍如飛逝的剎那。我不知道自己獲得了多少？獲得了些什麼？我只明白，我的日子過得相當踏實，白天上課上夜晚家教。我幾乎抽不出多餘的時間去做不務實際的幻想。老錢常說我是「為讀書而讀書」。老錢是我最要好的朋友之一。同樣念數學系，同住在一間宿舍裡，所不同的只是出身和個性——他是南部一家實業公司董事長的少爺。優越的家庭背景，塑造了他風流倜儻的個性。

在一次友人的生日舞會裡，老錢介紹我認識了菁菁。那次舞會，我本來不想參加的，老錢說好說歹硬是「逼」著我去。他把我介紹給菁菁的時候，還不分青紅皂白的將「青年作家」的大帽子扣在我頭上。對方臉上綻開動人的微笑，靜靜地聆聽老錢對我有關的敘述；而我只有惱恨地站在」邊，說著一連串的「不敢當」或「過獎了」，還有點牙癢癢的真想給他一拳。

「以後請你多給「青苗」寫稿。」最後菁菁這樣對我說：她是「青苗」的主編。這便是老錢給我拉的所謂關係。

這是大二上學期的事。這以後，菁菁經過老錢要我給「青苗」寫了兩篇稿。然後，她親自上門造訪；然後，她似乎對我動了感情。老錢說，這就是「女性愛情三步曲？」

「菁菁人長得漂亮，家裡又有錢，追她的人何只一打？她看上你，是你前世修來的福吶！」老錢經常這樣說。

「我和他有段差距，你是看得出來的。」我說：「何況，我早告訴過你，鄉下我還有位女朋友。」

「你在欺騙自己，我早已透視你的心事。」

老錢常說我有心事。我也時常問自己，到底有什麼心事呢？如果硬要「強說愁」的話，那便是我對生活的希望透支了太多的精力。我一直想使自己過得踏實。唯有日子過得踏實，我才能活得快樂些。這快樂的代價是用緊張、忙碌和心靈的掙扎、吶喊換取來的。我總覺得自己不適於接納條件太優異的朋友，與老錢成為知交，在我而言是種不可思議的事。我曾試圖抗拒、排除，但卻無法動搖我們友誼的根基。

老錢時常向我提到菁菁，而我始終淡漠以對。我是個不容易拒絕人家好意的人，但在這件事情上，卻表現了過剩的無情。

第三次小考過後的週末下午，我本來準備在宿舍裡好好睡上一覺，但老錢硬拖我去新公園散步。

散步，是我喜歡的，但選擇艷陽天的下午似乎糟蹋了它的意義。沒精打彩的在公園裡逛了兩圈，我提議去看場免費棒球賽，但老錢推說他沒興趣——在平常，他是挺喜歡棒球的。

我們在水池邊坐下來。我一直想跟他談談棒球的事，但他好像心不在焉似的。不時地左顧右盼，像在等待什麼人似的。

他真像是在等待一個人，或者說，這是他匠心設計的「圈套」中的高潮。當菁菁出現的時候，他藉口交待了幾句便匆匆忙忙離去了。

平常碰面打打招呼，不覺得什麼。一旦面對面單獨相處，氣氛便有點不同了。

先是談一些功課上的瑣事，而後談及寫作。她對我前幾天發表在某日報副刊那篇小說「踹碎影子的人」頗為激賞。談到寫小說，我的興緻突然高漲起來。我們談到海明威、貝柯特、三島由紀夫，也談到若干文學寫作的根本問題。

然後，我們走進冰果室叫了兩份美味可口的冰淇淋。

「有些人說，常吃冰淇淋，身體會發胖，我才不在乎呢！」他邊吃邊說，姿態非常優美。

「妳現在的身材標準合宜，小心真的發胖哦！」我半開玩笑的說。

「余風，第一次聽到你說出關心我的話，不管是真是假，我都很感激。」

他的眼睫上突然閃現著淚光。

我內心陡地一震。各種不同的意念紛至沓來，一時理不出頭緒。

「怎麼了？余風，你好像不太舒服。」她握住我的手掌，一股暖流直透心扉。

斜角裡兩道好奇的目光拋過來。

「沒什麼，沒什麼。」我極力使自己平靜。

我想起盈秋。盈秋的手沒有菁菁的滑嫩柔膩，這是貧富不同的兩雙手，但卻代表同一意義，它是愛情的橋樑，男女相愛最先接觸的必然是這雙手。

我接觸到愛情了嗎？

我掌握住愛情了嗎？

我忽然萌生了一種奇妙的感覺。我覺得自己正在從事一項有趣的遊戲，這遊戲的性質是測驗自己有無應變的能力？

答案是：沒有。即即有，也非常薄弱。

一陣大浪襲捲過來，頭有點暈眩。眼簾又閃現小學時那漂亮的女老師對我投以的卑夷的眼光。逐漸平靜地心緒又開始惡敗。……

「不要這樣待我，不要這樣，余風……我受——受不了。」恍惚中我聽到菁菁悲切的聲音。

「妳不懂，黎小姐，妳不會懂的……」我覺得胸口一陣陣絞疼，呼吸也很不自在。這種情形和以前那位女老師指點著我說「你這沒出息的孩子，連代辦費也繳不起，什麼都要人同情可憐。一時的感受如出一轍。我說不出什麼理由把這兩件事連在一起？這也許是一項極大的錯誤。但是，誰又忍心讓這種錯誤延續下去呢？……

突然，我又想起了盈秋。那個善良、溫柔的女孩，誰能忍心傷害她呢？只有跟她在一起的時候，我心裡才有一種絕對安全保障的感覺，也許「同病相憐」是主要的原因吧！而在菁菁面前，無論我如何努力，總是舒坦不起來。但是，我沒有必要重覆述說我的感覺。對老錢也好，對菁菁也好，我不會急於替他們解開心中那個「結」的。

（發表於台灣新聞報副刊）

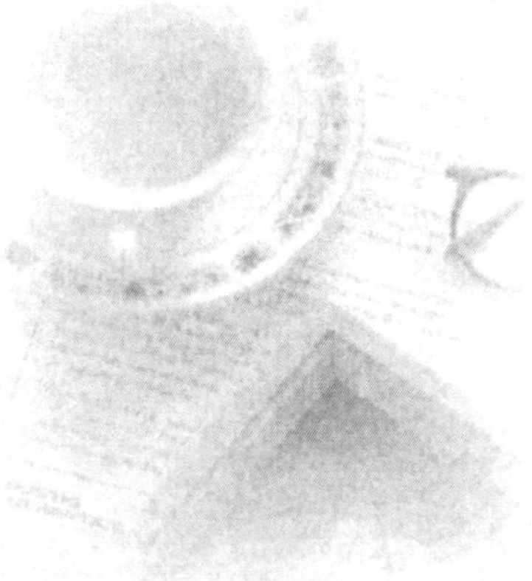

悵

週末下午，我冒著溽熱，專誠到屏東去參加清息的婚禮。事先，我和藤榮約好兩點正在屏東火車站見面，然後一道去觀禮。我早了半個鐘頭到達，卻一直等到兩點半還不見人影。我心裡直嘀咕。

無聊的瀏覽張貼在候車室牆壁上的報紙分類廣告時，肩膀突然挨了一拳。是藤榮，他似笑非笑的望著我。

「對不起，臨時有點事，來遲了！」

「你再十分鐘不來，我就打道回府；你可省個百兒八十，我也只損失幾塊錢車費。」本想多說他幾句，但看見他額頭上不斷地沁出汗珠，又覺得於心不忍。

「別那麼寡情，清息是我們的同學。」他拉著我朝外邊走。「何況以前大家都處得不錯，結婚是人生大事，總該向她道個賀呀！」

「對！道賀！」我漫應著，隨手戴上太陽眼鏡。「可是，我不妨再提醒你一次，我是奉太座之命來參加的。」

「那就更沒有臨陣脫逃的理由。」

的確是這樣。妻和清息是師範學校的同學。同班、同室，而且座位毗鄰。畢業後兩年，妻被我「追」上了。清息也為了追隨她的「白馬王子」，從北部調到屏東服務。兩年前，我應征到南部服役，和清息又開始恢復了連絡。她的婚事，妻一直很關心。一旦她扔出了「粉紅色炸彈」，妻便像為自己辦婚事似的，計劃這、籌備那，一切打點就緒，只等著喝喜酒。巧得不能再巧，就在清息婚期的前兩天，四歲的孩子出痲疹。妻分身乏術，只好全權委託我。

「記住，無論如何你要抽個空去。」妻在限時信裡這樣「命令」我：「替我向清息致最虔誠的祝賀：替我在上帝面前祈求賜她平安幸福；並且解釋我不能前去的原因。」

迫不及待地，我又掛了個長途電話給藤榮。我拖他「下水」，他還是那付慷慨德性，一句話：OK。因為我生平最怕單獨出現公共場合，這回有藤榮作伴，心理上要踏實很多。

「你想，會不會有老同學參加？」橫過郵政大樓前面的馬路時，藤榮這樣問我。

「不可能。」我斬釘截鐵地回答：「老同學沒有一個在南部的。這麼熱的天氣，住北部的同學才沒有這麼大勁呢！」

「言之有理。」他踢開一粒躺在柏油路上呻吟的石子。「但我有種奇怪的預感——」頓了一下。我側過頭去望他。「說下去吧！」我說：「別賣關子。」

「我好像今天會遇見熟人？」他蹙著眉頭。

「我知道。」我打趣他：「你老弟今天會有艷遇。」

「得了。」他朝我胳膊狠狠捶了一記。一輛腳踏車從我身邊擦過去，車上戴墨鏡的傢伙回頭望了我們一眼。

清息的婚禮在教堂舉行，宗教儀式的婚禮，我只在銀幕上見過，因此在心理上多少總有幾分好奇。

婚禮預定在四時卅分開始。四點我們便到達了教堂。橘黃色的長條凳上，已經坐了不少人。聖壇右邊，一位白衣黑裙學生模樣的少女正在彈奏「婚禮進行曲」，唱詩班也在一旁練習。為了讓心靈清靜一下，我們只好到教堂左側的樹蔭下石凳上坐下來。

客人陸陸續續的到來。四點十五分左右，一輛遊覽車在教堂門口停住，下來了三四十個人，男男女女，老老少少，臉上都是喜氣洋洋。

「喂！」藤榮用手肘碰我。

「甚麼事？」

「你瞧那個女的。穿白旗袍的，梳著「鳥窩」式髮型的，對！對！就是她，你看清楚沒有？」

我站起來，依他手指的方向望過去，的確——有個穿白旗袍的女人正一步步邁上石階。

「那女的是誰呀？幹嘛大驚小怪的？」

「李藍影。好熟稔的名字。啊！對了！她是妻的同班同學，她——李藍影，已經走進教堂了。」

我們很快跟了進去。一進門，我便跟她打了個照面，因為她坐在後排，而且正巧回過頭來。當我們眼光接觸的一剎那，我像觸電般抖了一下，全身的血液不由得加速循環起來。我極想對她點點笑笑；但脖子卻像木頭般硬直，怎麼也彎不下，而由小腦傳到大腦再指揮兩片嘴唇的肌肉掀開展示的笑意，還不曾流露就凝凍到嘴角了。同樣地，從她的眼神、表情上，我也可看出她驚訝的程度。

我們選擇了最後一排位置坐下。

四時廿分，禮車準時到達，儀式正式開始。

清息還是以前那副樣子。嬌小玲瓏，臉上時時閃漾著令人愉悅的笑靨。她不像羞答答的新娘子，一進門便抬起頭，大方地展露了甜甜的笑容。潔白曳地的禮服把她襯托得更美，更高雅。

朗誦聖詩、祈禱、宣讀聖經、教訓、誓約、祝歌、謝詞、頌讚、祝禱、答禮，一連串繁複的儀式，一對新人和伴娘整整「罰站」了八十分鐘。氣氛和銀幕上的比較起來畢竟有相當的差距。

「待會兒要不要和李籃影打個招呼？」奏樂時藤榮低聲問我。

「瞧著辦吧！」我說：「也許沒有這個必要。」

「分別了四五年，難得一見，你怎麼說這種話呢？」口氣中帶點責備的意味。

「你先照照鏡子，再看看人家，自然就會明白。」

喏！瞧吧！兩個臭男人，參加人家神聖的結婚大典，連套破西裝也沒有，一件發黃的白襯衫，一條快磨破的西褲，皮鞋不但不亮，還是最老式的「希特勒」，鬍子雖然刮了，但頭髮可三個禮拜沒理了。想想，這成何體統？多不禮貌。

再把鏡子對準人家吧！高高的「貴妃」型髮，白色的珍珠耳環項鍊，白底碎花的圓領旗袍，白色的高跟鞋，白色的長手套——這那裡像她以前的樣子？難怪我剛才沒看出來。——嘿！老弟，還是你眼光好。

「不像個窮教員的模樣。」藤榮也斜著眼說。

「像個貴婦人。」我補充一句。

「形容得好。」

「所以嘛！瞎子吃湯圓——大家心裡有數。別自討沒趣才是聰明人。」

「但是——」他說不下去。又轉口說：「也許她現在是一位音樂家。」

「音樂家不擦這麼厚的脂粉。」我坦白說出內心的想法：「她應該已經結了婚，但她並不幸福。她臉上缺乏快樂的神采。以前她不是這樣的，你懂嗎？」

「也許社會，也許環境，四五年的時間，有很多因素足以改變她的。就像你，你以以常嘲笑時髦，可是現在卻喜歡帶太陽眼鏡。」

帶太陽眼鏡也算時髦？怎麼我從沒想到過？總覺得藤榮也變了，以前他不愛思想的。

包車載送我們到基地介壽堂。在車上，我想起唸師範時同年級那個身材苗條臉孔美麗的女孩子。她不但有一付優美的歌喉，而且彈得一手好鋼琴。有一次，我主持一個晚會，特別邀請她擔任歌唱節目的伴奏，她欣然允諾。會後，我親自向她道謝，，她笑著表示沒什麼，只是拿亮亮的眼睛定定地注視著我，雖然只是短短十幾秒鐘的時間，我心湖裡卻起了極大的波動，我似乎也體會出一些不尋常的訊息。如果不是當時跟妻已經有了相當深厚的感情，我想我會不顧一切的追求她。

「介壽堂」建築宏偉，佈置華麗，茶几沙發座椅的擺設都十分考究。餐廳裡四壁掛滿喜幛，紅燭輝煌，「永浴愛河」四個斗大金字在燭光下閃爍。新郎官是飛將軍，因此賓客中一半以上是年輕小伙子，氣氛顯得異常輕鬆、愉快而融洽。

我剛坐下來，驀地瞥見李藍影就坐在我斜對面圓柱下的那桌。旁邊多了個男人，西裝革履，頭梳得油亮，正跟李藍影耳語。我猜他的年紀大概在四十上下。

「她應該嫁個年輕點的才相配。」藤榮嘀咕著：「男的一定很有錢，否則李籃影不會這身打扮。」

「你的預感很靈驗。」我點燃一根煙，猛吸兩口，然後冉冉地吐著煙圈。「你再猜猜看，她是怎麼結婚的？」

「可以問問清息。」

「今天是她的大喜日子，你會連跟她談一句話的機會都要不到，不信，你瞧著吧！」

一個年輕人走過來在旁邊坐下。「我叫宏遠，清息是我的表姐。」他先自我介紹，然後用很誠懇的語氣說：「表姐特別吩咐我好好招待兩位，不週到的地方請你們多多包涵。」

這兩句話非常受用。我暗中欽佩清息的細心。這點是我料想不到的，難怪藤榮遞我白眼。

菜餚豐富、酒也喝得盡興。當新人一同出現時，年輕小伙子們起鬨了，在掌聲中紛紛要和新郎新娘乾杯；並且大聲吼著：「早生貴子」、「白頭偕老」……氣氛異常熱烈。

一對新人沿著大廳繞了一圈。清息臉上一直掛著象徵幸福愉悅的笑靨，她週旋在賓客之間，態度親切自然。

我寧可「抗命」受處分，也不願在人家興高彩烈的時候提到孩子出痲疹的事。我對清息說了幾句好話。「李藍影也來了，妳注意到沒？」我不願意放過機會。

「宏遠會告訴你關於籃影的一些事。」她笑著走開。

「李藍影的事我只知道一部份，是表姐告訴我的。」宏遠不等我們開口便自動打開話匣。「表姐說，李小姐很有才氣，尤其在音樂方面有很深的造詣，聽說唸師範時她曾經喜歡過一個男孩子，可是這男的一直都沒對她表示什麼。畢業後，她和一位比她小的男人談戀愛，結果到後來那男的離開了她。表姐說她從那個時候開始，便放棄了對愛情的追求。」

我喝了一大口酒，以驅散心中那股浮動的情緒。藤榮好奇的望望我。

「於是，她就隨便挑個年齡可以做他父親的男人嫁了？」我問。

「不是她故意挑的，是無可奈何的。」宏遠說：「四年前，她父親在北部經商失敗，負了一屁股的債，不得不舉家遷回屏東的老家。她現在那姓王的丈夫，是南部的殷商，也是她父親生意上的朋友，那年，碰巧王太太過世，王先生不到半年便續了弦。李小姐縱使不願意也沒有辦法。家裡每天債主上門，甚至三餐不繼；為了還債，為了過日子。唉！唉！」宏遠唉聲嘆氣個沒完。

「為了家庭而犧牲，很叫人感動。」藤榮這麼說。

「她完全放棄了音樂？」我腦海裡浮現了那次晚會的情景。音樂老師曾當眾誇獎她的鋼琴造詣。

「結了婚，她就不再教書；當然音樂的事更不用談了。她外表雖然應有盡有。可是你們可以看得出來她內心很空虛、很落寞，正是所謂『強顏歡笑』的典型。除了表姐，她很少對人提起自己的事情。因為，她覺得自己不容易被人瞭解，也不需要別人瞭解。」

我小乾了一杯，喉嚨開始有點發癢。

也許正如宏遠所說的，李籃影自己覺得不容易被人瞭解，也不需要別人瞭解。所以，幾次我的目光接觸到她時，她都避開了。

酒會後，一對新人站在「介壽堂」門口送客。清息問我說

「宏遠把藍影的事都告訴你了吧？」

我點點頭。「很不幸的開始，但願結尾會美好一些。」我說。清息沒再說甚麼。

走到停車場，我又發現了李藍影。她一個人站在廣場中不動，似乎在思索些什麼？

白衣服在月光下很醒目。

「要不要跟她打個招呼？」藤榮問我。

「我不知道。不過，最好還是識相點。」說這話時，我已經抓住他的胳膊往回程的包車走去。車已經開了，他還直嚷著，「我真糊塗，我應該問問李藍影，在學校時她究竟喜歡哪個男孩子？」

（發表於台灣新聞報副刊）

不是悲劇

離家前夕，若請我在「黑貓」喝酒，若酒量很淺，通常只喝三杯他就醉話連篇、醜態畢露。這晚，他居然連飲了半瓶仍看不出一絲醉意。

「若，你不能再喝了。」我奪過酒瓶。「你今晚的情緒很不正常。」我注視著他說。

他先是楞一楞，而後呵呵笑了一陣。隨後他把兩隻瘦削的被黃卡其褲裹得緊緊的腿往木桌上一擺，身子往後一仰，整個人成弓形的癱在中間凹下去的破藤椅裡。

「我猜想，你還是為了那件事惱火。」我說，帶點安慰的口吻。「若，你聽我說。那是他們大人的事，你只要有吃有穿有書唸，管他這些幹什麼呢？」

「凡夫，別怪我罵你，你真是個混蛋加三級，你觀念不正確，缺乏同情心。」他一點沒醉，口齒清晰。

「若，我不承認。」我辯駁，內心有種被扭曲的痛苦。「我說過千百次了，我很同情你的處境，我也很想助你一臂之力，但是，你知道，我——即使你是我，也辦不到的，那是他們大人的事。」

「不！不！我已經想過了，甚至陵子我也跟她談過了，我一定要拿出手段來了斷這件事情。這是什麼世界？」本來充滿昂奮激越的聲音突然微弱低沉了下去。我好像想到一些什麼，又覺得腦海裡一片空白。我轉眼望若。若的臉在刺眼的日光燈下泛著可怖的蒼白，他的內心也許正如同臉色一樣的蒼白，因為我聽到他發顫喘聲：「這事不僅帶給我媽一個人痛苦，我和陵子在無形中受到了傷害。是一種嚴重的傷害。凡夫！」他機伶伶的盯住我。「換成你，你怎麼辦？」

換成我，我怎麼辦？我想到過這問題，但想不出解決的辦法，事實上，我又何必為這種事煩惱？父親是個安份守己的人，責任感又重；他怎麼可能會像若的父親在外邊胡攪女人？母親相信了他一輩子，他也從來沒讓母親掉過一滴淚。母親是幸福的。我想：她不像若的母親，對著自己變心的丈夫拿不出主意而只有在背地裡暗彈珠淚，是啊！我要是若，我怎麼辦？我難道連一點解決的辦法都沒有嗎？我知道若為什麼要這樣難過，因為他父親姘上的女人不是別人，正是陵子的母親。若和陵子認識了兩年，從高一開始就有了感情。後來陵子的父親在一次車禍中亡故，她和若的感情發展得更快。若很有男人的氣概，給人一種「成熟感」。我發覺陵子很需要他，若也離不開她。

「凡夫，我知道你會找到答案的。」他抽回擱在桌子上的腿，掙扎著想坐直身子，但是他愈掙扎愈癱得厲害，最後，他只好像錦蛇似的「盤」在藤椅裡。「人生，我是說這個世界，有太多太多找不到答案的難題，我們的心靈被問號佔得滿滿的，有時連笑的勁道也發不出來，你有沒有這種感覺？」若的臉色在蒼白中浮現了一層暈紅。

「不要想得太多，十八歲的人不能存有太多思想的自由。」我把他杯中的餘酒一飲而盡。「若，談談別的吧！這一別，我們要兩個月後才能見面了。」

「我很無助。」他抓起空酒杯。幽幽地說：「感覺裡好像一切都不真實。說真的，凡夫，你別以為我很有男子漢的氣魄，事實上我虛得可憐，暗地裡我常笑自己懦弱。我曾經想到過和陵子絕交，但想一百次一百次失敗，我覺得她比我更懦弱，我狠不下心。」

「若，陵子是無辜的。大人的事我們阻止不了。你說過，陵子和你一樣痛苦。她和你一樣想不出謀求解決的辦法。」

老闆娘走過來，問我：

「還需要點什麼菜嗎？」

「給他一點醋。」我指著若。若苦笑著。

我扶若回家。他的步履有點踉蹌，但頭腦很清醒。他說在兩個月的假期裡一定要找個機會到大坪山林場來小住幾天；他說他很羨慕我，包括我本身以及我的父母和家庭。這話他說過不少次。我和若是同學，也是知己，住在鎮裡同一條街上。當然，我們之間是無話不談的。

走到若的家，我沒有多作停留，一方面我怕見到若的父親，一方面明天一大早就要出發，非回去養養神不可。

躺在床上，各種不同的思維紛至沓來，若，陵子和那兩個不像話的「大人」的影子在眼簾交替閃現。我想到一件事：剛才在「黑貓」若說要拿出手段解決「問題」，我忘了問他究竟是什麼手段？若不致於殺人吧！那等於毀滅自己。若是聰明人，他絕不會幹那種傻事。至於陵子，若也不可能跟她斷絕來往，因為他向我表白過他自己，而且這事與若痛苦的本身實際上並沒有太大的關連。

這些紛沓的思維使我輾轉反側，不得已只好到隔壁偷了一顆父親的安眠藥服下，這樣才昏昏然的睡去。

翌晨，在惡夢中被人喚醒。我感到背脊裡冒起一陣涼意，依稀記得夢境是這樣的；若在懸崖上被人勒住脖子正在作死命的掙扎，我看見了，正想縱身過去撲救，卻被一股巨大的力量掀落在懸崖下的急湍裡。這意味著什麼？我愕愕地想。

「阿凡，你怎麼了？身體不舒服？」父親露出溫藹的笑容。

「噢！沒什麼。」我竭力掩飾窘態。「我想今天開始，我又可以與山林為伍了。」

「我早說過，太坪山是座海拔千餘公尺的大山，附近人煙疏落，連電燈也沒有，其它的物質享受更談不到，生活的條件很落後，這些你熬得住嗎？」

「熬得住。」我加重語氣說：「我自信絕對熬得住。因為我喜愛與大自然為伍。」

父親滿意地笑著點頭。他一向就對我很滿意的。過去接連兩年的暑假，我都隨著父親在山林裡渡過。父親是山林管理所的所長，二十幾年來，他始終堅守著自己的崗位，為國家的林業資源盡一份開發的責任，從小，我就接受了他這份「職責」之外的樂趣，一有空閒，便往山林裡鑽。我喜歡捕蟬捕蝴蝶；喜歡研究螞蟻和蜜峰的巢穴；喜歡在林蔭深處的水潭裡脫光身子洗個痛快的冷水浴；興緻來時，甚至搭個帳蓬什麼的就在野外住一個夜晚。若說我「野」，我承認。我對若如數家珍數說山林的好處，若不得不相信。若有一次開玩笑說他會死在林子裡，因為這樣用不著那些繁文縟節的殯殮儀式，飄零的落葉自然會無聲無息的將他埋葬。這種蒼涼的想法大概和他祖母的死有關吧。若說他祖母死的時候，他公親故意躲在外邊沒有回來，他做孫子的卻在靈柩前跪了整整一天一夜，跪得膝蓋發麻，有三天的時間成了個半瘸子。

這天黃昏，天色突然變得異常晦黯，接著下起傾盆大雨來，大夥兒只有擠在工寮裡談天談笑。我本想看點書，但騰不出心思：想寫點什麼又挖掘不出靈感，百般無聊，只有望著窗外的雨景發獃。突然，我發現前面坡路上有個少女正急劇地往這邊狂奔過來，說是狂奔，不如說是縛著腳走路，那少女的步履提得異常沉重而蹌踉，幾乎是跌跌撞撞地向工寮走過來。走近時，我才發現她是陵子。一種本能的驅使，我來不及招呼父親。

也來不及穿戴雨具，便不顧一切地朝她奔去。可憐的陵子，全身濕漉漉的，頭髮散亂地覆在額角。雨珠沿著她臉頰不停地滾落，兩片唇蒼白的毫無血色，模樣兒十分狼狽。

「陵子，怎麼妳一個人來，若呢？……」我急促地問。一面脫下外套披在她身上。

「若……若自殺了……他吞服了安眠藥。……」她嘴角抽搐著，聲音也有點抖索。

「什麼？若自殺了？陵子，妳——妳再說一遍……。」

我以為我聽錯了。恍惚想起出發那天早晨做的惡夢。

「她吞了安眠藥，差點死啦！」她聲淚俱下的叫吼著。

「人呢？」

「在醫院裡。」

——怎麼可能呢？若，你是個堅強的人，我不相信你真會如你所說的那懦弱。

「為了什麼事？」

「別問我這些。」她痛哭失聲。「你知道該怎麼做。」

——一定是和他父親發生了衝突，若想不開，憤而出此下策，呵！若，你真傻。你何必對這世間的事這麼執著呢？

顧不得天黑路滑，我十萬火急的趕到鎮上的醫院。

若躺在那裡，態度安祥，表情自若。我擘口就說：

「若，你這種手段太低劣。你以為尋求自我毀滅可以塑造另一個世界？你錯了。你簡直是愚蠢得可憐。」

「別責備我過甚。」他氣定神閒地回答：「我心靈的空間有限，遺憾的是這有限的空間都被醜陋佔滿了，除了你們。」他望了陵子一眼：「我簡直看不見其它完美的影像。凡夫，你知道的，我極願意接受你的觀念，但這是多麼不容易辦到的事情啊！」他臉上露出一絲陰鬱的微笑。「你記得嗎？我開過一個玩笑，我說也許有一天我會死在林子裡。這願望，應該很容易實現才對，但愚蠢的我，實際上只是在林子裡睡了一覺而已。」

我拼力想笑。卻怎麼也笑不出來。我望望陵子，她似懂非懂的死盯著若。我想，她是不會完全懂的。

「我寫好了遺書，故意和他吵了一架。」若繼續說：「他只有我這麼一個兒子，不管他真正的想法如何，暫時，我願意到山上去小住幾天。」他握住陵子的手。「妳願意陪我一道兒去嗎？」

陵子點頭笑笑。

在上山以前，我想：我一定要請若到「黑貓」喝一頓。因為他成功地導演了一部不是悲劇的悲劇。

（發表於台灣日報副刊）

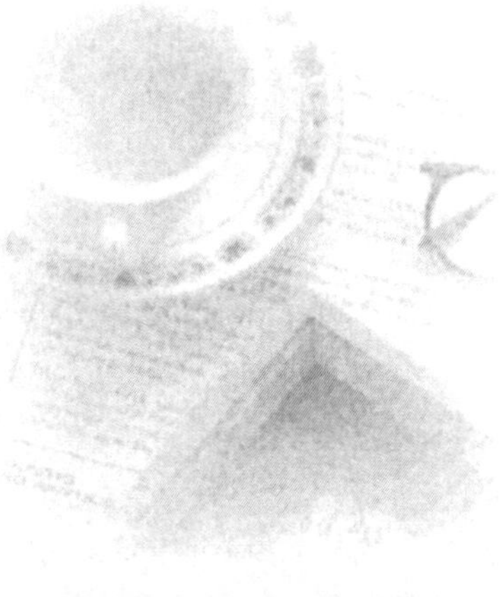

秘密

住在臺北的黃宏兄來信請吃「紅蛋」。他信上特別註明：平生第一次「璋」之喜，理該大事慶祝一番，但仔細想想，這年大家口袋都緊，為了避嫌，只打算約請三五知己暢聚，我這個「介紹人」非到不可。就像當初接到他結婚喜帖的心情一樣，讀完他的來信，我一方面替他高興；一方面又打心底泛起一絲不可名狀的惆悵。……

整整有半年不曾和黃宏見面，這半年中僅和他通過兩三封信，以前不是這樣的。在他結婚前，我們每月起碼有兩封信來往。我說不上為什麼會逐漸和他疏遠？我不曉得這是否因為梅芳的影子在我心底作祟的緣故？事情隔了那麼多年，如今我已經是兩個孩子的父親，但是我和梅芳共渡的那段詩情畫意的日子，仍然時常鮮明地浮躍在腦海裡；我時時擔掛著：如果黃宏知道了我和梅芳過去曾有過「一段情」，會不會影響他們夫婦間的感情和我們之間的友誼？

我必須補充，我和梅芳之間，除了正當的友誼之外，並沒有其它任何不正常的關係。

當初我把梅芳介紹給黃宏，只是基於一種「贖罪」的心理，因為我辜負了梅芳；但是她不曾怨我、恨我；這更使我感到愧疚。湊巧，那時我和黃宏的友誼正處於「白熱化」的階段，兩人稱兄道弟，無所不談。在我的感覺中，他是個熱情、坦白、正直、才華橫溢的年輕人，此我強過千萬倍，女孩子想找這麼個對象並不太容易。他那時周圍也的確圍繞著一大堆各色各樣的女孩子，怪的是就沒有一個令他滿意？；想不到他第一次見到梅芳，便顯得「意亂情迷」，再經我從中拉拉關係，居然一拍即合。一年不到，便相偕走進了禮堂。

禮拜天的上午，我搭上公路局的班車。在車上，我一直在想，待會兒見到梅芳該說些甚麼話？上回因公到臺北，順道去看他們，梅芳湊巧不在家，總算避過了一次可能造成尷尬局面的危機。仔細想起來，我擔這些心事實在是多餘的，男孩女孩都一樣，婚前誰不都有三朋四友，何況我跟梅芳之間並沒有甚麼不可告人的「秘密」。但是，我總是不易祛除矛盾的心理，也許這是人的通病吧！

窗外，天藍得可愛，亮麗的陽光輕撫著原野平疇，一陣陣的清風從車窗灌進來我覺得渾身舒爽。好些日子不曾到野外散心了，想起逝去的金色的年輕時光，真覺得自己老邁得遠遠超出了年紀。望著那些不斷閃逝的景緻，我彷彿又回到了那詩情畫意，無憂無慮的年代裡。……

那年，高三那年，我在迎新晚會上認識了梅芳。她的風姿，她的氣質，她的談吐舉止，完全不像個高一的女孩子。這點令我感到訝異。由於這層好奇心，引發我進一步探求的興趣。那是開學後不久，由我主編的校刊，為了出版慶祝雙十節的特刊，我到處向人拉稿。趁著這個機會，我也去找她。我說明來意時，她愛理不理地敷衍了我一句：

「好吧！我試試。」「我聽說妳對寫文章很有一手，希望妳給我肯確地答覆。」我不放過她，其實我是想跟她多談幾句。但想不到她吭都不吭一聲，扭頭便往教室走。

「哼！有啥了不起？連英國女王也沒妳的架子大。臭丫頭！……」我在背後喃喃咒她幾句。

「喂！改良水梨，一個三塊，兩個五塊。」冷不妨一陣小販嘹亮的吆喝打斷了我的回憶，定睛一看，原來已到桃園，再不了一個鐘頭就要到臺北了。平常最不喜歡坐車的我，這時倒不覺得有何不適。「甜蜜的回憶能使人暫時忘掉煩惱和苦悶。」這話實在有幾分道理。

我和梅芳能溝通感情，得歸功於筆桿。由於志趣相投，兩人一有空就在一起討論研究和文學寫作相關的事情。我很清楚地記得：那年雙十節特刊截稿前夕，當她把一篇三千字的文稿親自遞交給我時，眼神中隱隱流動的那股朦朧曖昧，似真似幻。我想不出那時為什麼我會那麼大膽地忘情地凝睇著她，一直到她含羞地垂低了頭。

一個微笑就像一朵美麗的花，常令人愛不釋手。梅芳是一朵鮮艷、芬芳的花。這朵花伴隨著我的腳步、歌聲，開在青山，開在綠野。開在我的心田上。生活像一首小詩。日子是用詩寫成的符號。

一年很快地消逝。高中畢業後，我考取一所著名的公立大學。課餘仍然不斷地練習寫作，有些作品居然獲得不少好評，有一個頗負名氣的期刊主編人一再寫信讚揚我，甚至還義務替我介紹作品在其它刊物發表。這位主編就是黃宏。

認識黃宏的同時，我又認識了另一位女孩姍姍——我現在的妻。她跟我同系，同樣也喜愛文學。心底同時讓兩個女孩佔據著，在我來說是一件很痛苦的事。我不曾把這層痛苦訴諸別人，我不想別人罵我「風流」，罵我「見異思遷」：純粹是我個人的私事。我感到困擾的是這事不知要以甚麼樣的方式才能作圓滿的處理？出乎意料之外的，梅芳在獲悉這事以後，態度顯得出奇的冷靜。也許我的作為傷了她的心，也許她把男女間的事看得很淡；也許她對我不是出於真情。總之，她所表現的氣度使我暗自吃驚，也使我愧疚難安——這也許就是她婚後我渴忘見她又害怕見她的緣故罷！

到達臺北，已將近十點。惡虎虎的大太陽掛在半空，散發著炙人的威力。換了兩路車，才到達黃宏的公寓住宅。

「嗨！曾兄，還以為你不來了呢！」一見面，黃宏把我的手抓得緊緊的：「怎麼你一個人來？」

「少一個人省事，你知道這麼個大熱天出門不是好受的。」我笑著說。

「但是，你不能不來，對不對？上回你來，湊巧梅芳不在家，我只好請你吃便飯，這次嘛——來，先坐下來再說。」他連拖帶拉把我引進客廳，然後又扯開嗓門：「阿珠，倒盆水來給客人擦擦臉。」

「看你混得蠻不錯的，住公寓，請下女，客廳的佈置又比上回我來時更富氣派。」我打量了四周一眼：「梅芳身體好吧！公子呢？」

「小寶在睡覺，梅芳出去買幾樣東西，馬上就回來，她身子不怎麼好，所以我才請了下女，老實說，我境況也不怎麼好，很多地方只好打腫臉充胖子。」

黃宏隻身在臺，在他一位遠房親戚的協助下，半工半讀地唸完了大學。長久與環境博鬥並未改變他坦白直爽的性格，這點是十分難得的。

下女端了盆水出來，我剛抓起毛巾，梅芳突然出現在門口。黃宏立刻朝著她直嚷：「梅芳上，這下子妳該認輸了吧！我一再說過，曾兄一定會趕來湊熱鬧，他沒有理由不來的。」

一面嚷，一面過去接過她手裡的菜籃子。

梅芳笑著向我點了點頭，說：

「曾先生，想不到你真的來了。」

一年不見，她仍像過去那般清麗，只是面頰稍為瘦削了些，笑容看起來有點倦怠，眼神失去了昔日的光彩，我心湖裡驟然投下一撮陰影。

「恭禧妳，梅芳。」

我聽出自己的聲音顯得很生硬。

「謝謝。」她欠欠身子，這時我才發覺她的身子比過去單薄。「你們很久沒見面了，好好聊聊，失陪了。」

「老黃，剛才是怎麼回事？」

「哦！沒甚麼！」他笑笑。「昨天我們還在打賭你來不來呢！事實證明，我是贏家。」

「你們請吃紅蛋，我還能不來嗎？」

「可是，梅芳硬說你不會來。」

「為甚麼？」

「我也不清楚。」他用手撫摸著下巴，沉聲說：「結婚後，她的脾氣變得很古怪，有時候溫柔得不得了，有時候對我愛理不理的；有時候甚至無緣無故的光火。因為她懷孕，我只好一切都遷就她。」

「遷就她是不錯。」我說：「可是你也應該明白是甚麼原因使她這樣呀！」

「我問過她，也仔細觀察過她，但不得要領。這事使我感到很頭痛。還好的是，孩子生下來以後，她的脾氣改了很多。」

我想接口，但他又繼續說：「舉個例子說吧！大概兩月前，為了電視機上頭擺飾的物件問題，我們就發生過爭執。她主張除了花瓶外，再擺個維納斯雕像，我卻認為維納斯雕像跟牆壁同樣是白色，不如擺在酒櫃裡邊比較顯眼，爭執了大半天，我只好讓步。」他望著我。一臉苦笑：「曾兄，咱們是多年的老朋友，我才告訴你這些事，你可不要見笑。」

我猛力地搖頭。極力使自己鎮靜。我發覺這是一件很困難的事。我的眼光僵直地停滯在維納斯雕像上。不錯，一點兒也不錯，那是高三勞作科時我親手做的。我還記得梅芳接到這份禮物時所展現的微笑和神采。想不到她到現在還保存著。這意味著甚麼？

客人陸陸續續地到來；有幾家刊物的編輯也來了。大夥伙圍著一張大圓桌，拼命地吃、喝、笑鬧……

黃宏酒量淺，菜還沒上完，他已經醉得不像樣子了，梅芳扶著他到臥房躺下來。我趁著這個機會起身告辭，事實上只能說是偷偷「溜」了。

當我走到二樓樓梯轉角時，梅芳突然追了下來。還迫不及待交給我一包東西。稍為用手一摸，我便曉得裡面是什麼……

「梅芳……。」

「我保存了兩年，一直想丟掉它，卻又不忍心。也許完整的歸還你是一種比較妥善的辦法；從今天以後，黃宏不會再說我的脾氣古怪了。我不送你，再見！祝你和姍姍永遠幸福。」她眼角漾著淚光，嘴角微微抽搐著。

「梅芳，我也祝福你了。……」

在回程的公路局車上，我想：回家第一件事便是告訴姍姍，今天我吃了兩個紅蛋、三瓶啤酒，另外他們還送了一座維納斯雕像。……

（發表於中華日報副刊）

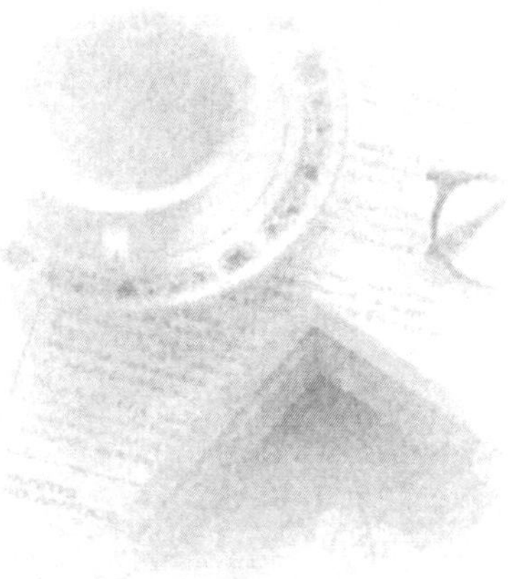

結

大太陽下，大夥兒揮汗如雨。總有三五十人吧，絕大多數是年輕力壯的漢子，像這種開山修路的事，婦女實在派不上用場。義務勞動，一家一口子，除非家裡沒有個大男人，不然大家誰也不願揹個「湊數」黑鍋，落得被別人在背後說風涼話。

洛仔使勁地揮著十字鎬，向一處堅硬的岩壁進攻，鐵石撞擊，迸射出點點火花，灰土濺灑了洛仔一身；他那紅潤中隱現蒼白的臉龐上，顆顆豆大的汗珠正滾滾而下。

「洛仔，歇會兒吧！」我說。

他沒理會我，繼續揮動他的十字鎬。

「洛仔！」我提高嗓門。

他從喉嚨裡硬蹦蹦地「嗯」了一聲，停下了動作，抓起腰帶間纏著的毛巾，猛力往臉上一抹，汗珠是揩掉了，但灰土的痕跡卻更明顯了，那副模樣兒有點滑稽。

「來，喝點水解解渴。」我把水壺拋過去。

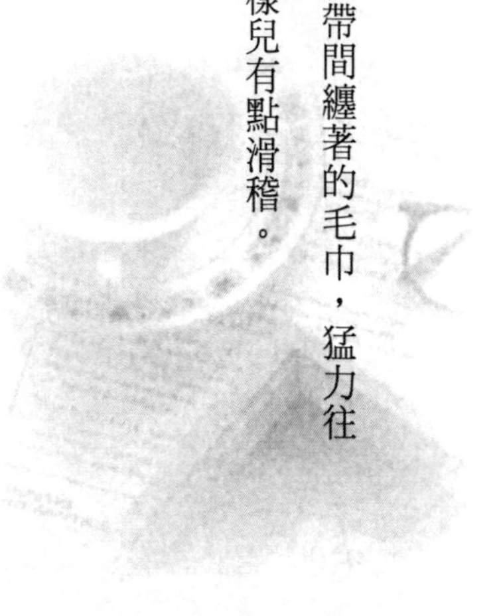

他咕嚕咕嚕地猛灌了一陣子，大概壺水都快見底了還不打住，平常從不見他這般灑脫的，今天大概是吃錯了藥吧！

「洛仔，喝夠了吧！過來坐下來聊聊。」我一屁股坐在一圈樹蔭下。

「聊聊？聊什麼？」他慢吞吞地走過來和我並肩席地而坐。聲音冷冷淡淡，好像怪不情願開口似的。

「升學啦！大專聯考啦！還有你的她呀！」

「升學，聯考？」他緊皺著眉頭，聲音出奇的淡漠：這關我屁事！」

我一片好意，他卻一味頂岔，我忍不住沒好氣地問他：

「洛仔，你這幾天怎麼回事？今天天從大清早上工到現在，從沒聽你說一句好話，我發覺你這幾天神色有點兒怪異，到底怎麼了？」

他的嘴角彎了彎，又拿毛巾往臉上猛揩一陣。

「沒什麼，真的沒什麼。」聲立低微的幾乎聽不清楚。

「洛仔。」我一巴掌落在他的肩膀上，他冷不防嚇了一大跳。

「你要死啦，這麼用力。」他嘀咕了一句。

「洛仔。」我說：「你心裡有事，我看得出來，洛仔，咱們的交情你知道，心頭有什麼碴子，說出來，讓我幫你理平。」

他搖搖頭，深深的嘆了口氣。一直期待他說話，但過了一兩分鐘，他仍然沒開口。

「怎麼了？是不是愛情觸礁了？」我只好胡亂瞎猜。他搖頭，一臉的苦笑。

「那麼，是在為升學的事苦惱？」

他緘默良久不語，臉上僅有的一絲笑意也慢慢消失了。

「哦！我明白了，你是在為考學校的事情。嗨！洛仔，煩惱什麼勁啊！俗話說得好，船到橋頭自然宜，考不上第一流的大學，念個二流三流的學院也差不到哪裡呀！再說嘛，以你的成績，隨便考個學校來念，還會是一件難事嗎？」說這樣帶點「洩氣」的話，我實在不十分情願。但是，為了轉移他的情緒，為了打開他的話匣子，我不得不用「激將法」

他果然中計。

「唉！曾兄，你懂個屁，誰不知道考個二流三流的學校念很容易，但是，問題是我到底要不要再念下去？」

「要不要再念下去？」我不解的望著他仍在冒著汗粒的臉龐。「你這個問題不是多餘的嗎？你爸爸說過多少次，再苦，也要讓你繼續升學。何況，蕙芬的父親也已經把話傳出去了，說什麼他要幫助你唸完大學。你自個想想，升學，對你還構成什麼困難呢？除非是——是你自己不爭氣，考不上學校。」

「曾兄，你不清楚我心裡頭怎麼個想法。你該知道，我這個人最不喜歡欠人家的債，人情上的債也好，感情上的債也好，金錢上的債也好，我都不喜歡。我這樣說，你總該明白我的意思了吧！」

我是應該明白的。記得上個月我也跟他提過蕙芬的事。蕙芬是村長伯么女，在省中念高一，人長得標緻不說，功課也是頂呱呱的。洛仔的住宅就座落在村長伯的店子後面橋頭邊，出入都得打村長伯的店子門前經過。洛仔是村長伯從小看大的，他常在人前誇讚洛仔聰明懂事，刻苦耐勞，說什麼將來一定會出人頭地。並且在言談中，不時把蕙芬和洛仔並提，敏感的村人，就意味到村長伯多少是贊同將來把女兒許配給洛仔了。而村長伯對這事，既不承認，也不否認，總是笑笑應付過去。

村長伯要幫助洛仔念完大學的消息，老早就傳揚了開來。那天，我偶然在上學的路上遇到蕙芬，我帶著半開玩笑的口吻向她問明事實，她倒落落大方，點頭說是村長伯是有這個意思。後來，我把話帶給洛仔。他聽了，不但沒有流露一點興奮之色，反而神情凝重的說：

「這樣——這樣不太好吧！至少在我覺得是不太好。」

「傻洛仔！」我當時狠狠地捶他一拳：「這種事，人家想要都要不到呢，你呀還裝得這麼一本正經。」

我當時以為：他只是隱藏了內心裡那份喜悅的感覺，而故意不動聲色的在口頭上隨便說說罷了。

我萬沒料到，這種求之不得的事，竟然會造成他滿心的懊惱和困擾。跟他一塊兒同學了七八年，直感覺到他是愈成長愈有點兒「陰陽怪氣」了。

「洛仔，我明白你的意思，我也不準備追問你為什麼會有這麼個想法。」我喝乾水壺裡的最後一滴水，潤潤嗓子，緩緩地說：

「不過，你要知道：村長伯準備幫助你，可沒有一點兒瞧不起你的意思。洛仔，一個人的情意，你可以不接受，但你不可以抹煞。」

「這點，我心裡清楚得很。」

「既然這樣，退一步來說，你爹一再對人表示過：不論如何，哪怕是賣了家當，也要讓你繼續念下去，這樣，升學這一條路，不是坦坦蕩蕩的嗎？」

他臉色陰翳，沉吟了良久，才訥訥地說：

「你不是我，你擁有整個家庭的溫暖和幸福，你不會瞭解像我這樣的一個人。」

洛仔的話，使我驀然一驚。我真的不瞭解他嗎？不！不！七八年的交情，我自信對他的瞭解已經夠透徹了。他的身世很坎坷，父親在他四歲時就因病死了，母親茹苦含辛的扶養他長大，上初三那年，他的繼父進了門，更不幸的是三年前，他的母親又死於肺炎。整個家的支柱傾圮了，他的心也碎了。

想到他這些不幸的際遇，我的心湖籠罩著一片陰影，久久找不到一句貼切的話來安慰他。

「我覺得：成長是一種悲劇。成長對生命是一種負擔，最近科學家們說：人類的壽命可以直線延長，到了二〇二〇年，平均可以活到一百二十歲。對一個厭惡生命的人來說，活得太久也是一種負擔。」他眼神定定地望著前方。

那挺直的鼻樑和緊抿著的嘴角所構成的弧線，似乎意味著他負創的心正隱隱作痛。

「洛仔，別胡說八道，你年紀輕輕的，何必作繭自縛呢？」

「不是作繭自縛。有人珍惜生命，有人厭惡生命，這個世界必須有這兩種才會顯得多彩多姿。」

「荒謬！」我冷不防又給了他一拳。「你怎麼會染上這種悲觀的色彩？」

「從發覺自我，透視生命以後。我說過，成長的本身就是一種悲劇。」他猛一挫身站起來拍拍屁股，一股泥塵向我撲襲過來。他露出一抹苦笑。「別儘談這些枯燥乏味的東西，你放心好了，我不會去自殺的，我會好好地活下去，看看科學家的話是否靈驗。

好了，開始工作吧，人家都已經在埋頭苦幹了呢！」

成長真的是一種悲劇嗎？

一整天，我都在思索著這個問題。但是，我始終找不到明確的答案。

作為局外人的我，應該是「旁觀者清」才對。我不能把問題想得過於複雜。事實上，洛仔的所謂「問題」，在我認為根本就不必讓它存在。

村長伯想資助洛仔完成大學學業，是一番好意。洛仔不願接受，是基於人類本能中的高度自尊使然，正如同他自己說的，他不願意欠人家的債，財物債可以連本帶利的還清，可是感情債卻永遠糾纏不清。洛仔是個懂事的年輕人，他知道未來的日子還長，但他不明白未來的日子裡會發生什麼？「這個世界裡，有許許多多的事情在發生，是我們預料不到的。」洛仔時常這樣說。我同意洛仔這種接近成熟的想法不是多餘的顧慮。

在另一方面，洛仔的繼父進門已經快四年了。他是個五十出頭的中年人，臉孔黝黑而滿佈皺紋，但是村人都說這個外鄉人心地很好。洛仔的母親讓他進門是期望他能在各方面多給洛仔一點照顧，然而，洛仔並不這樣想。洛仔也許覺得：十幾年母子相依為命的生活所建樹的常軌，因為他——另一個完全陌生男人的介入，而受到了破壞的威脅，這種心理上的負擔，導致他觀念上的偏差也不是不可能。事實上，我知道洛仔並不討厭現在的父親。那些個日子，我發現洛仔的便當儘是很下飯的魚、肉或鹹蛋。

「你們家的生活一定過得不錯。」有一次吃便當時，我試探性的說。

洛仔放下筷子，仰起頭來反問我：「你知道他上山做工便當盒裡是些什麼菜？」

「當然跟你一樣嘍！」我笑著說。

「都是些蘿蔔、鹹魯、豆干，是他自己要這樣的。」他苦笑。

洛仔沒有理由拒絕一個被他稱做「爸爸」的男人為他所做的犧牲。每一個人都有他不幸的一面，但在不幸的另一面，畢竟仍有光熱的輝芒可尋——如果有心的話。

可是，洛仔只看到了他不幸的一面。在人生的大鏡子中，他只看到了自己憂鬱的臉孔和蹙緊的眉頭；卻不曾注意到站在他身後的那個男人，也有滿心的苦楚。洛仔失去的是一個母親，他失去的是一個太太，兩個承受苦難的人雖然身子靠在一起，心與心之間卻隔著一道鴻溝，這才是真正的悲劇呵！

然而，一個人心頭的「結」總是很難解開的。我曾試圖幫洛仔的忙，但卻失敗了。

想著洛仔這些事，雙手顯得欲振乏力。

這樁修路的工事，是洛仔約我一道來的。我本來勸他利用考前的個把月時間多看點書，才有希望考上好一點的學校。可是洛仔堅持說要勞動幾天筋骨，讓腦子休息休息。我想想也有道理。兩個人就這樣把書暫時扔在一邊了。

草原到南湖坑的這條道路，在日據時代曾被列為產業要道之一。光復以後，由於南方道的闢建，這條路就無形中被冷落了，年久失修、加上山崩坍方，路面不僅破損不堪，而且有些地方過於狹隘，妨礙人車通行。這次鄉民代表會議，南湖、義和、大寮三村選出的代表一致建議，希望鄉公所撥款配合村民義務勞動，重新整修拓寬，最低限度能夠行駛鐵牛車，一則方便村民出，二則南湖坑出產的柑橘，也可以節省大量的運輸人力。

今兒一整天，洛仔顯得特別賣力。我好幾次要他多歇歇，他都不接受。

「你爹說你最近身子不怎麼好，本來他要自己來的，可是你偏要搶著來，他拿你沒辦法，只有交待我多關照你。」

「我會關照自己。」他的嘴角掛現一抹冷漠的笑意：「我說過，我不會去自殺的。」

我知道，他嫌我這份關懷是多餘的。可是，我不會放棄這份多餘的付出。即便他不會去自殺，但我也不願意目睹一齣無形的悲劇上演。

收工時，我陪著他繞到南崗墳場。它靜靜地臥在南湖溪上方那塊突起的丘陵地上，深淺不一的褐色墓碑，不規則的散在四處，默默在伴守著長眠地下的人們。永恆？難道這就是永恆？永恆的孤寂，永恆的嘆息，永恆的守住沉默。面對爹娘的墳墓，洛仔的眼眶紅了，兩滴清淚沿著他的雙頰緩緩流下，夕暉中，那張並不成熟但卻刻滿創傷的臉孔更加蒼白得耀眼。

「洛仔，我們回去吧！」我輕輕撫揉他的肩膀，有一種欲哭無淚的感覺。

他沒有側頭，也沒有應聲，只是怔怔地盯住那兩塊褐色的墓。淚，更多的淚，沿著他的兩頰流。

「洛仔……。」

「你先——回去吧！」他嗚咽著說：「我——讓我冷靜地——好好的想——想一

想。……」

「可是——洛仔」

「曾兄，我知道——我知道你要告訴我一些什麼。」他仍然紋風不動。

我驀然一陣鼻酸，話梗在喉頭怎麼也滑不出來。多想陪他痛痛快快地哭一場啊！

我轉過身，往對面斜坡竹林地緩緩走去。我明白，在此時此地，語言完全是多餘的。洛仔是個聰明懂事的年輕人，他知道我要說些什麼，這些話，我已對他訴說過好幾遍。

站在斜坡上，南湖溪上游的景色一覽無遺。重重疊疊的山，一波一波的綠，綿綿密密的彷彿從四面八方簇擁而來。黃澄澄的陽光盤在峰巒間抖索，一團迷濛的氤氳自山凹處升起，緩緩播散，然後混雜著夕陽餘暉成一片白茫，風，輕輕地在林間嘶叫，帶點初秋的涼意。

也不知洛仔在墓前佇立了多久。突然，我發現他的身後多了一個人——是那張臉孔？黑而滿佈皺紋的中年男人，他們只離我三十多公尺，我幾乎可以聽到他抽搐的聲音，他和洛仔離得那麼近，洛仔怎麼會一無所覺呢？

我凝神諦聽，希望聽到他們說些什麼。我忘了在此時此地，語言完全是多餘的。

然後，我看見了那中年男人輕輕地走前兩步，伸出右手攀住洛仔的肩膀。洛仔吃驚地回過頭，而後，足足有十幾秒鐘的時間吧，父子倆緊緊地擁抱在一起，傷心地低泣……。

哭吧！讓眼淚痛痛快快的流吧！人生，有多少時候是這樣的呢？……

（發表於台灣日報副刊）

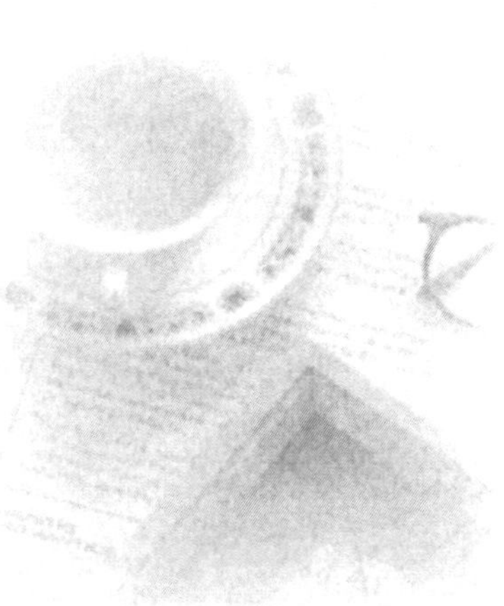

違章建築

為了使都市計劃順利付諸實施，夏課長冒著暑熱，又一次走訪「水餃王」老王。

跨進門，夏課長一眼便看見老王打著赤膊，在廚房裡起勁地搓麵團，那身肥肉黑亮黑亮地泛著油光，隨著兩隻手的動作不停的顫動；圓滾滾的頭顱，胖嘟嘟的臉膛全是汗液，眼看掛在鼻準尖兒的汗粒就要墜下，老王卻不慌不忙地伸手一拖，總算沒讓它滲進麵團裡：臉上留下的那抹粉白，老王可全不在乎，又繼續使勁搓著。他這付德性瞧在顧客眼裡，難免「望而卻步」；但怪的是附近一般人談起水餃，總是一致數老王的第一，說什麼貨真價實，香脆可口。「水餃王」便是這麼個由來。

「老王，忙呀！」夏課長打了聲招呼。

「你又來了。」老王側過臉，沒好氣的說：「又是為那碼子事來的？」

「是的。」夏課長率直的點頭。「我想再跟你商量商量。」

「沒甚麼好商量的。」老王一口否決地說：「我這館子，門前雖然不大雅觀，但它

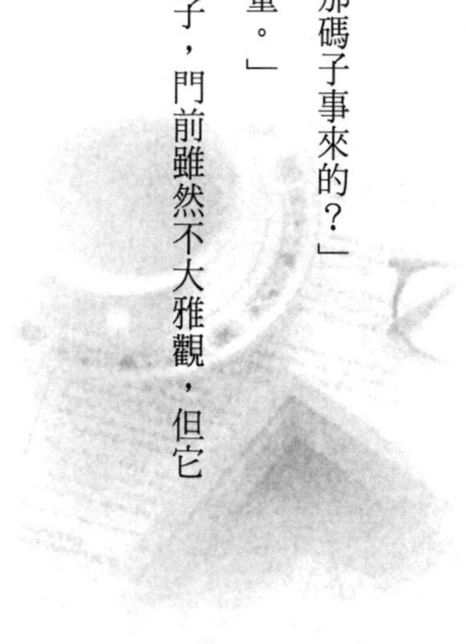

建築到今天廿幾年，也從沒有人說過它是違章建築，你們憑甚麼要拆？」好像越說火氣越大，甘脆摔下麵團，那隻手胡亂往褲頭上擦拭幾把，然後慢吞吞地走出來，拉了張圓木凳，一屁股坐下去。「我說老夏，你們做事情也太不考慮了。你想想，我在這兒才落腳三五年，剛剛才有點苗頭，你們卻硬編出一個撈什子的名堂要我滾，你老夏憑良心說說看，這事有幾分道理？」

「老王，我說過，這樣做不光對你，就是對其它某些人也未必合情合理。」夏課長在老王對面坐下來，一臉歉意的說：「你知道的，這不是我個人出的主意。都市計劃是全體鎮民的事情；開會通過，上級核准，我們就得按照計劃實施，否則，我們對上級，對鎮民都無法交代，這點，我想你應該諒解。」

「老夏，我覺得你不夠朋友。」老王用肥短的食指拼命挖著鼻孔，好像要通出一肚子氣。「你建設課長幹了三、四年，好歹總知道都市計劃這碼子事，怪就怪在你為什麼不事先通知我一聲；這樣，我買這間房子就會考慮了。」

「我說過，老王，本鎮的都市計劃是最近才報准實施的，這你可不能怪我。」

「夏課長說的句句是實話，我們也不能太為難他。」一個婦人的聲音飄出來，人已站在廚房門口。「老伴，這不是甚麼大不了的事，要拆的也不光是我們，何況公家也有補償金。」

「女人家懂得屁！」老王狠狠地橫了妻子一眼，惡聲惡氣的說：「我交代過妳，這碼子事不用你岔嘴。」

「老王，話不是這麼說，這是你們一家人的事情，嫂子的想法是正確的。」

「正確？正確個屁，她就是怕事。」老王不屑地撇撇嘴。「區區補償濟個屁事。」

「為了公益，個人的利害只好放在其次。老王，看在我們二十幾年的交情上，我希望你能捐棄成見。」

「成見？我有甚麼成見？」老王的嗓門突然高揚起來。「我只不過要求提高補償金額而已，錢付清了你們高興甚麼時候拆就甚麼時候拆，我決不干涉。」、

「可是，老王，你的要求數額跟我們的所訂的標準相差太多了。」夏課長仍然勉強佯裝一副笑臉。「你是不是能夠自動減少一點？我們再研究考慮考慮。」

「十萬，一個不減。」老王斬釘截鐵地說。

「這…這不是跟我過不去嗎？」

「…虧你還說這種話。」老王霍地站起來，一腳把圓木凳撩倒，聲音惡虎虎地：

「想當年在大陸上，咱們一同剿八路、打鬼子，出生入死，患難相共；而今天你揀了這個課長職位，連這點小忙也不肯幫，反而說我跟你過不去，這不是強詞奪理嗎？」

「唉！老王，別發脾氣好不好？」夏課長很想發作，但又發作不起來，無可奈何地慨嘆了幾聲，又把聲調放緩和。「這事不是我一個人做主，我實在無能為力。老王，我已經好話說盡，而且在原訂的補償金標準上又給你加了兩成，你不能再怪我不夠交情了。」

「你回去再好好研究吧！多給我四萬塊錢，在你們來說，等於九牛一毛，在我可是一筆財產。」

「我怕委員會不同意，將採取強制執行的手段。」

「誰先下令我就先對付誰。老夏，你等著瞧吧！」語氣中滿含恐嚇威脅的意味。夏課長沒再搭腔，卻憋了一窩氣離開。

老王「山東餃子館」位於大成路和梅新路的叉口，後邊是幼稚園的舊址。在都市計劃中，這塊地預定建立圖書館，並闢出空地充作青年音樂中心。都市計劃委員會曾經透過公私兩方面要求老王同意拆遷，但是老王總是藉詞刁難，這中間最大的難題便是補償金的數目。老王獅子大開口地咬定要十萬，這和委員會釐訂的標準相差達一倍之多，經過多次協商，委員會同意照標準加兩成，但是老王仍然不肯在拆遷同意書上蓋章。這一來可叫鎮公所的建設課長兼都市計劃委員會主委的夏同生傷透了腦筋。

夏課長跟老王是老伙伴，當年一塊兒打過日本鬼子，也一塊兒參加過游擊隊打共匪。卅八年來臺以後，因為健康不佳，從軍中退役下來，先是在鎮公所幹臨時雇員，然後晉升為正式課員，五十五年間調升為建設課長。官雖然不大，但要做的事情倒是不少。

夏課長上任後，的的確確是做了很多事情，像新市場的興建，太平路的拓寬，火車站前廣場的整頓以及游泳池的興建等等。在鎮民的心目中，他是個具有真才實學而又肯吃苦耐勞的「公僕」。都市計劃能夠提前付諸實施，他是一位功臣。所以，計劃公佈以後，二十幾家拆遷戶，除了老王外，沒有人提出異議。

為了這事，夏課長不辭勞苦，親自到「山東餃子館」找老王說了幾次，老王非但不肯買帳；還給他難堪。想到「誰先下令我就先對付誰」這句話，他就忍不住要光火。這年頭念舊情，反而受人白眼奚落。人真是現實得可怕。

在老王來說，他也是看準了夏課長念舊這點，而故意刁難的。四年前他以兩萬元的代價買下這座房子，現在公家給他三倍的拆遷費，按說他應該心滿意足才對。但是所謂「慾深谿壑」，一點兒不錯。為這事，老伴勸過，但他都不接受。

「別財迷心竅，叫人家說閒話，這樣拖下去我要難受死啦！」老伴不只一次地向他抱怨。

不消說，老王心裡頭也不會好受的。都市計劃委員會的人天天上門來找他，警察局請他去談話，連來吃水餃的客人也成了說客，倒是夏課長自那天以後，就不曾再「光臨」過。老王暗暗盼望著會有甚麼奇蹟似的「苗頭」出現。

◆ ◆ ◆

老王徹底的失望了。

夏課長是來過，但只有停留幾分鐘。他沒說甚麼，掏出同意書要老王簽章。老王一光火，把同意書撕得粉碎。

「老王，你阻撓公事進行會吃官司的。」夏課長氣得臉一陣紅，一陣白，連聲音也走了樣。

「吃官司，哼！槍斃我好了。」「老王惱羞成怒，大聲謾罵著：「他奶奶的王八烏龜，你們全把老子看扁了。」

「老王，你也太不知好歹了，公家給你的補償金已經相當優厚，你還不知足，這是公事，你聽清楚沒有？這是公事，你不必在我面前要這種姿態。」夏課長也不甘示弱地放開喉嚨。

「滾！你給我滾！我不願再見到你這個朋友。滾！滾呀！」老王聲色俱厲地叫囂著。

夏課長鼻孔裡冷哼了一聲，頭也不回地往外就走，背後還斷斷續續地傳來老王的叫罵聲。

夏課長一走遠，老王突然像個洩了氣的皮球，全身軟綿綿地癱在破躺椅上，有種昏眩的感覺。正想閉目養神，冷不妨一個聲音鑽進耳膜：

「爸！他們過幾天就要來拆房子了。」

「你聽誰說的？」他霍地直起身子，兩隻手抓住兒子的肩膀。

「我剛才在路上碰到夏課長，他告訴我的。」

「真的？」

「嗯。」

「他怎麼沒告訴我？」

「我不知道。」

「他奶奶的。」老王無精打彩地咒了一聲。

第二天，老王接到一份書面通知，要他一家暫時遷到鎮公所的職員宿舍去住。老王對著公事愣了半天。

「我早說嘛！老早你就該讓步的！事情鬧僵了，我們又能得到什麼好處？」老伴在一旁抱怨。

老王不吭氣。猛吸著紙煙。

「這年頭，要是人人都是你這把硬骨頭，怎麼得了？公家事情全都要擱在一邊啦！」

老王仍然不作聲，但氣色好轉了點。

「夏課長說的不錯，公家給我們的補償金算是相當優厚了，用這些錢蓋一間簡陋的房子綽綽有餘，憑你做餃子的本事在哪兒落腳都可以過活。」老伴聒絮個沒完。

正在這時候，夏課長突然出現了。

「老夏，你又來找麻煩了？」

夏課長聽出老王的語氣裡帶著開玩笑的成份，不覺心頭一寬，臉上也現出了笑容。

「老王，你如果怕麻煩，就在這同意書上簽章，在我來說是了卻一樁心事，你也可以早日領到補償金。」

「何必急在一時？喏！太太，這事由你來辦，我去弄點酒菜。」

「幹啥？」老伴揪住問。

「和老朋友喝兩杯呀！」老王呶呶嘴，笑瞇瞇地望了夏課長一眼。

「這怎麼好意思？」

「老夏，何必那麼見外？」

「好吧！老樣子，四十個水餃，一瓶清酒，別的不要。」「水餃？——水餃——哈哈哈……。」老王笑得眼睛擠成一條線。

（發表於新生報副刊）

背陽花木

「一切是神的安排，神永遠不曾把幸福賜給我，相反地，總是給我帶來不幸。」自從母親死後，這句話便時常在我心版上迴盪著。它似乎有一種特別的力量，使得我一想到它時，就要不由主地激動起來；當然，這裡面包含著感喟與悲傷。

坐在火車上，我大部份的時間都在想念母親。從離開家門到汽車站，到火車站，母親都像一直陪伴著我，現在仍坐在我身邊；然而，這畢竟是種幻覺，母親撒手西歸已快有兩個月了。在這段日子中，我一直沉浸在悲哀與憂悶的氛圍中，無法自拔。蓉姊在別離時遞給我一張小紙條，上面寫著：「宏弟：不要再想到我們的不幸上，讓我們勇敢的面對現實，努力幹下去！母親會在白雲深處祝福我們。」對她這片好意，我深深感動，但我知道我還沒有足夠的勇氣照著她的話去做。

正因為如此，我對蓉姊始終懷有一份不可抹煞的疚意。望著抬架上的皮箱，愈發增加心靈的負荷。兩千塊錢的註冊費全數放在皮箱內，而這些錢都是用蓉姊的訂婚首飾變賣得來的，這完全是蓉姊的主意，事先我毫不知情，直到五天前蓉姊才告訴我：

「宏弟，你的註冊費有著落了，二伯父願意幫這個忙，今天早上他把錢給我了。」

我一想二伯父生活吃緊，結濟拮据，哪來這麼兩千塊錢？我傻楞地望著蓉姊，她臉上有著為難的顏色。

「蓉姊上你坦白告訴我這是那兒來的錢？」我不信任地瞪視著她。

「我不是說過嗎？是二伯父借給我們的。你放心，我決不是去偷的。」

陽光照射在蓉姊的頰上，顯得有幾分蒼白。突然，我像發現了什麼，用詫異的口吻說著：

「蓉姊！妳的項鍊呢？」

她一下子收斂了笑容，繼而泛現的是一臉的驚悸、躊躇和惶惑。我完全明白這是怎麼一回事了，我竟反常地生出一種被欺騙的痛苦，心靈被壓榨得透不過氣來，我望著蓉姊，喘著氣說：

「蓉姊，你不應該這麼做。你平常給我的恩情已經令我難以報答，為什麼妳還要這樣做？我不懂，蓉姊，妳說！妳說呀！……」說到最後，我竟然低聲啜泣起來。

蓉姊先是怔怔地望著我，然後她把我的手深深握住，幾乎是用央求的口氣對我說：「宏弟，你想想，我為什麼要這樣做？難道為了我？絕對不是吧。一方面這是我的義務，再方面是為了你的前途，為了完成父母親立下的心願，宏弟，你想想……。」

我發現蓉姊的眼中閃著淚光——我曉得：那是人性中最完美的一面，包含著真、善、美的靈魂之光。我想，這一生，這一世，我都會永遠記得的。

她又說：「你只要安心念你的書，錢的問題我會替你想辦法。我已經托你姊夫替我找到工作，他並且答應四年後再結婚。」

我震顫。我慚疚，在蓉姊的面前，我顯得多麼渺小呵……。

火車在原野奔馳，窗外的綠一片片迅捷地退去，帶著點春意的風，輕輕地拂著每個旅客的臉，大多數人都是凝神望著窗外，噢！他們是在等待春神的降臨嗎？我收回視線，盯住自己的鞋尖，一顆小雨珠滴在上面。想不到自己的感情竟如此脆弱！

淚眼朦朧中，突然有一個熟悉的影子闖入我思想的空間，哦！是玫盈。那一張美麗的蘋果臉兒，永遠掛著微笑，長睫毛下的大眼睛，散發著誘人的光芒。記不清是什麼時候認識她的？也忘了她何時把秋波送給我？我只記得，當第一次被她眼光射中時，我有一種自卑的心理，我不認為這有什麼不對？因為母親時常告誡我：「阿宏！當別人的眼光投射在你身上時，不管善惡，切莫引以為榮。二十歲了，我再蠢也聽得出母親的話意，雖然母親所堅持的理由證明她的觀念仍很「保守」，但是仔細分析起來，又何嘗沒有道理呢？

這得從我幼年生活說起。在我四歲那年父親因病去逝，遺下母親、我和大我四歲的蓉姊。母親左足微跛，行動略為不便，蓉姊到學校上課常帶著我去，儘量少在家麻煩母親，我念小學時遇到大冷天，蓉姊給我送飯，雖然她那時只有十幾歲，但所做的工作恐怕要比一個大雜院的佣人還多呢！

我的一生可以說是由「血」和「汗」凝結成的。在困苦蹇窮的環境裡，我不獨要念完初中、高中，還要上大學，這在一般富有的家庭的子弟來說是「順理成章」的事，但對我卻是「談何容易」？為什麼？我可以驕傲地回答：憑勇氣。還要肯流血！肯流汗！

但是，仔細一想：信心和勇氣都是母親和蓉姊賜予我的，血汗是她們流的，我只是安逸的享受者。想到這些，我恨不得把心胸剖開，讓我也嘗受一些痛苦的滋味！

母親警告我：「不要自視太高。寧可謙卑忍辱也不可妄尊自大」。我到那裡都記得這一句話。它給予我不容忽視的效果，舉一個簡單的例子：玫盈在給我的第一封信裡說：「我最初發覺你的眼睛裡有種異乎常人的憂悒，但到了後來，我慢慢領會那憂悒的特質是善良的、含蓄的、包含謙虛和忍讓。坦白講這是我喜歡你的最大原因。」

車到桃園，上下車的人很多，月臺上一片嘈雜。小販的叫賣聲不絕於耳，瞧見他們臉上那種期盼顧客的神色，我又想起一年前的那段日子。在龜山腳下的叉路口，自己幹的也是這種賣吃的小生意，幾個舊日同學特別喜歡光顧，不知他們是有意讓我多賺幾個錢？還是存心揶揄？我只覺得自己在那段時期完全成了「市儈」，跟人討價還價，有時東西沒賣成，還要得罪人家。我雖然拼命想掙錢，可是母親卻總是愁眉苦臉，老是擔心我考不上學校。我又何嘗不想讀書？但有時候，我會神經質地對自己大聲叫囂：「我不願念大學，死也不願意。」我委實不忍心在生活費用之外再加重母親和蓉姊的負擔。

最後，還是母親的一番話打動了我的心，她說：「我只有你一個兒子，我一生下你，你爸就發誓說，將來一定讓你讀完大學，這句話十多年來一直響在我耳邊。我要做到才對得起你爸。你該明白每個做父母的都是望子成龍。」

「望子成龍」，這四個字是那麼根深蒂固地播植在我心坎上，進入大學之門以後，我抱著戰戰兢兢的心理，刻苦自勵。學期結束前幾天，系主任告訴我，我的成績列在前三名之內。我覺得異常欣慰，總算沒有辜負了母親的期望。但是，天下有太多不幸的情會隨時發生，就在這時候，我母親患急性腦膜炎死了。

我沒敢把這噩耗告訴玫盈，我騙她說是蓉姊訂婚要我回去幫忙。我收拾了簡單的行李，玫盈送我到火車站，她一再要求我多給他寫信，並且為我祝福，我唯唯應諾，心頭卻難過的無以復加。在車上，我的眼淚竟不自覺地掉個不停。

回到家裡，母親已被彌封棺中，我懇求二伯父開棺，我見母親最後一面時，淚突然止住了。我楞楞地望著母親，她的臉色和往常一般慈祥，彷彿仍在對我微笑。我大聲嗅著：「阿母！阿母！」可是她沒有答應。我知道她永遠不再回來了。猝然間，一股狂濤般的悲愁沖擊著我肺腑，哀苦緊緊纏住了我的心，我不禁撫屍放聲大哭。最後，我昏了過去。醒來，蓉姊蹲在我跟前，我又哭了。

這真是人間最慘痛的悲劇。有一段時間，我心灰意懶，萬念俱灰，總想著一句話：人生不過是無數的悲劇連接起來的。但是一想起母親說過的話，和現實比較起來，又萌生了另一種個意念：一切都是神的安排。

是我的意志薄弱嗎？呵！不，我曾經歷經無數滄桑卻屹立不搖。

似乎，冥冥中神已經安排好了我所要走的路，可以依恃的只有自己的勇氣和信心。

「宏弟，不要再想到我們的不幸，讓我們勇敢地面對現實，努力以赴！母親會在白雲深處祝福我們。」蓉姊的聲音清晰地響在耳畔。

臺北站到了。下了火車，我提著皮箱大踏步地往前走——不管外邊是陰是晴，我只管大踏步地往前走。

（發表於家庭教育雜誌）

一種遊戲

整個下午都可以說是很美好的。可是，這份美好現在卻被一件意外的事情破壞了。唐迪極力想把這意外解釋得圓滿些，但事實上，這不純粹是他個人可以決定的。他唯一能做到的，只是儘量把自己的情緒穩定下來，然後思維滴滴轉的盤算著應該如何應付這尷尬的場面。

坐在角落沙發上的女人，看上去大約二十四、五歲。她的坐姿很美，同她的扮相一樣，給人一種輕盈驕矜的感覺。她穿著一襲墨綠色的中庸裝，渾圓渾圓的小腿肚露在外邊，那是很夠吸引男人眼光的焦點。在這種情形下，即使那雙咖啡色的高跟鞋與她的服飾很不相襯，但也顯得無關緊要了。何況，她還有一副姣好的臉龐，豐滿而紅潤的唇角展現的笑靨，使她的眼瞳顯得特別亮麗動人。有很長一段時間，她的眸光始終滯留在唐迪臉上，一刻也不放鬆。而唐迪卻愁鬱鬱的抿緊嘴角，眉頭連成一道濃黑線條，好像是在生誰的悶氣。

橘紅色的霞光，從鵝黃絨布窗簾的縫隙中溜進來，使得整個辦公室的顏色柔柔的，暖暖的。每天這個時候，唐迪的心情照例是很愉快的，因為這正是下班的時間，對一個單身男人來說，下班不一定能使他振奮起來。但是，唐迪卻不然，因為他有個可愛的茹茹。平常，要離開辦公室前，他總不忘撥個電話給茹茹，告訴她一整天發生在他周圍的事，譬如說是：某雜誌的編輯來找他閒聊啦！某時裝雜誌的老闆拿模特兒的宣傳照片來拜託他刊登啦！某畫家請他寫一篇捧場的介紹文章啦！或者，告訴茹茹下期雜誌的主要內容；或者，要求茹茹晚上跟他見面……。他總覺得每天都有很多很多的話要對茹茹說。茹茹是個很討人喜歡的女孩，雖然她並不十分漂亮——他們認識了快一年，他一直是這麼認為。

「唐迪！」

可怕的沉默一直延續者。沙發上那個漂亮的女人開始顯得不耐煩起來。她的唇角已失去盈盈的笑音？她用著一種煩躁混和著失望的聲音叫著。

「你看起來很不高興，一定是不歡迎我來找你。」她的身子挪動了一下，但仍保持原來優雅的坐姿。

唐迪端坐在搖椅裡，神情木然，像尊蠟像。隔了會兒，他才乏力地瞟了對方一眼。

「妳這樣想倒使我覺得意外，柯小姐。」聲音冷冰冰的。

「叫我的名字，唐迪，難道你忘了？雅雯，柯雅雯，你為什麼不叫我的名字？」女人有點激動。

「雅雯，雅雯，這實在是個很好聽的名字。」唐迪冷笑了兩聲。「柯小姐現在是影劇界的紅人，雅雯豈是可以隨便讓人叫的？」

「唐迪，你——」她急速的接嘴，但是她沒能把要說的話順利地接下去；像一部剛發動的引擎上，立刻又熄了火。她的眉宇沉沉地罩上一抹愁鬱，眼神也隨之黯淡下來。然而，這只是幾秒鐘之間的變化。很快地，她又使自己變得明朗起來。

「快五年了吧，你不應該用剛才那種態度對我。」她想拋一束陽光給他，但聲音裡卻有種無法掩飾的自憐意味。

「時間對我們已經不重要，正如妳說的，快五年了呢！」

「告訴我，唐迪，你是真的不在乎我們的過去？還是故意跟我賭氣？」

「先問問妳自己吧！柯小姐。」

「你又忘了，叫我雅雯。」她站起來，用一種優雅的姿態朝他的辦公桌走過去，然後，她的兩隻手掌壓在光滑的桌面上，定定地望著他。「唐迪，你有這種經驗嗎？」聲音出奇的輕柔：「有些事想忘也忘不掉的，譬如你我之間，我看得出來，你一直放在心上的，不然，你現在不會對我擺這副臉孔；我說中了你的心事吧！哦！唐迪，別生氣，你聽我說完，不管你現在對我的想法怎麼樣，我是很在乎過去那些事的。」

這真是可怕的意外——唐迪心裡想。這個叫柯雅雯的女人會在這個時候出現，實在是他做夢也想不到的事情。如果對方只是個普普通通的女人，那麼對他並不構成特別的意義，因為身為一份著名的婦女雜誌總編輯，難免接觸到某些特殊的女人。可是，眼前這個漂亮的女人，卻有足夠的力量掀起他內心的波瀾。這裡頭唯一的理由，恐怕就是如她所說的：他和她之間有一段「過去」存在著。

看情形，冷淡和緘默是不可能再作為防禦的武器了。而且，對待一個存心討好你的女人，這也不是應有的禮貌。他這樣想著，於是換了一種較為輕鬆的坐姿，並且很坦然地把視線投注在對方臉上。

「雅雯。」他說：「妳應該知道，五年不是短時間，有些事情的發生，妳是想像不到的——」

「我明白你下面要說些什麼？」她截斷他的話：「你要告訴我，你已經快訂婚了，是嗎？」

他沒有點頭，也沒有搖頭。他覺得心裡頭像被什麼堵塞住了，思維被好幾道牆隔開來，零零散散，一時間很難拼攏起來。

可怕的沉寂驀然間從辦公室的每個角落朝他們圍聚過來。她處在這樣的氛圍中，表情顯得很不自在，好一陣子才遲緩的抽回雙手，然後轉身回到沙發上坐下來。這時，徘徊在室內的霞光已悄然隱逝。

他燃上一支「大衛」，讓煙霧在頭臉上方飛舞。

「她很漂亮，對嗎？」

「比妳差上一大截。」

「男人在另外一個女人面前都是這樣批評自己的女朋友嗎？」

他不理會她的揶瑜，只顧吞雲吐霧。

「很奇妙的一件事。」她自言自語地：「我想不到你會這樣回答。」

他一楞。但馬上又恢復了鎮靜。

「妳認識她？」

「只聽人提過，叫茹茹，我沒記錯吧？」

心陡地往下一沉，整個人像沒在深不可測的漩渦裡。想呼救，但四處無人。自救，必須立刻抓住一些什麼。

「很抱歉，我現在必須掛個電話給她。」他感覺得出，抓住話筒的手在微抖。

「茹茹？」

「晚上我們約好在『綠園』晚餐。」

「唐迪，我不能——我不能忍受。」她霍地站起來，筆直地朝他走過去，她的臉色顯現幾分難堪——但看上去仍楚楚動人。這回，她不和唐迪面對面站著，出乎意料的，她竟然按住了他握話筒的手。「告訴我，你是在對我報復?還是向我示威?」

「什麼都不是。」他望著她起伏不定的豐滿胸脯，有一種掙扎獲救後的快慰流過周身：「這只是例行公事而已，現在已經五點過一刻，她一定等得不耐煩了。」

「唐迪，你變了，完全變了，自私、殘酷、冷漠，你以前不是這樣的。」她的語氣透著冰涼，絕望和無可奈何的意味，幾乎眼淚都快掉下來了。她覺得抓著的不是一隻自己曾經撫摸過的強韌有力的手，而是某種僵硬尖銳足以刺穿自己心靈的物件，這真是可怕的一件事。……突然間，她像一只洩了氣的皮球，鬆了他的手然後頹喪的走到西窗前，這時，霞光已完全褪盡，替代它的是滿街輝眼的華光。

看樣子，他是已經扭轉了劣勢。或者說，他已經得到片面的勝利。眼前這個女人，他曾經愛過，也曾經恨過。有些時候，這兩種觸摸不到的東西，往往容易叫人混淆不清。他不否認，半個鐘頭以前，當她在他視野裡出現的那一剎那，先是驚訝，然後內心止不住地掀起一波波的浪濤，他隨著波浪，浮起來，又陷下去，掙扎了很久，才穩下心來——現在，表面上他似乎已經打了一場漂亮的勝仗。在她轉身走向窗邊的一瞬間，她臉上隱現的種種複雜的表情，使他不由得倒吸了口氣。不錯，在這場無形的冷戰中，第一回合他是勝利了，但是，他並沒有因此而亢奮起來，反而感到有點不安。

她望著窗外出神，他陷入紛亂的思潮中。可怕的沉默橫亙在他們之間。這樣大概過了好幾分鐘吧，他才伸手去撥號。

「喂！茹茹嗎？……因為來了位朋友，所以到現在才給妳電話，……我知道你不會怪我，妳真好……哦！妳今天上了三節課，那真是太辛苦了……是呀，那些國中生大半都是喜歡調皮搗蛋的，今天週末，應該好好鬆弛一下身心，……『綠園』，五點半，噢！對了，我正想告訴妳，今晚兒，我可能走不開，不過，我會儘量想辦法就是。……妳在家等我？我看不必了，老朋友見面，話總是多了點，而且，這跟雜誌業務有關……茹茹，我說的是實話，妳——不會生氣吧！哦！我的好茹茹，我多麼希望妳有一個愉快的週末……。」

「咔嗦」一聲，電話掛斷了，唐迪像卸下什麼重擔似的喘了一口大氣，然後兩手扶著椅把，脊樑挺直貼靠在椅背上。這時，站在窗邊的女人，緩緩回過頭來瞪著他，臉上寫著密密麻麻的問號。唐迪巴望著她說話，但是過了好久，她卻沒開口。她只是紋風不動的站在那裡，用不信任的眼光瞅著他。這使得他渾身不自在，掏出香煙盒，再燃上一支。

「這是很微妙的事情，我們好像必須重新開始。」她顯得有點疲憊的說。

「妳完全錯了，柯雅雯小姐。」他噴出滿口的煙霧，懶懶的回答：「我只想聊盡一點朋友之誼而已，『孔雀』餐廳的『鹽焗雞』不錯，怎麼樣？」

「我倒希望到『藍星』去喝杯咖啡，你知道，幹我們這一行的，有時候一整天忙，連喝杯咖啡的時間都沒有哩！還是過去那段日子好，只要不排演新戲，時間有的事，愛怎麼打發就怎麼打發。那時候，我們經常光顧『金馬車』，你老喜歡喝不加糖的咖啡。那時候——」

「那時候，那時候，那是多久以前的事啦？柯雅雯小姐，我必須提醒妳一點：不十分愉快的回憶最好少去提它。」唐迪幾乎有點煩躁的制止她說下去。

「為什麼？」她整個身體車轉過來，眉頭微蹙。「難道因為我在那件事情上沒有向你讓步，你就要恨我一輩子？」

唐迪當然明白那件事是指什麼事情。說起來，那真是最簡單不過的事——一個男人向他所愛的女人求婚。如果女人點頭，那麼大體上可以說什麼事都解決了。否則，很可能就要給這個複雜的世界平添某些罪行、仇恨或是非。反正事情就這麼簡單。

唐迪，我明白。我明白你很愛我，你當然也知道，我的心早就屬於你；結婚，那是必然的，只是時間遲早的問題。可是，我曾對你表示過，目前談結婚的事似乎嫌早。

——雅雯，這是為什麼？既然我們相愛，既然我們遲早都要結婚，那為什麼不把握現在？

——唐迪，你聽我說，不是我不願跟你結婚。你是男人，你應該比我更清楚，結婚不是兒戲。

——兒戲？難道妳認為我對妳的感情是假的？

——唐迪，別發那麼大的脾氣嘛，小心咖啡淋濕了你的衣褲，坐下來，坐下來，你平心靜氣的聽我說——我並不是不相信你對我的感情，你千萬別誤會。對啦！我以前大概不曾向你提過，我們隊上有一位女團員，不但人長得漂亮，歌唱得好，舞也跳得不錯。是去年的春天吧，我們的歌劇隊應邀到臺南演出，就在那次演出的機會裡，她認識了一位剛走出校門的大學生，兩個人一見鍾情，她一有空，就往臺南跑，不到幾個月，他們就結了婚。

——他們相愛，結婚並沒有什麼不對。

——我的話還沒說完呢！哦！咖啡都冷了，要不要再來一杯？不加糖的。

——我先聽妳把故事講完。

——唐迪，你說的不錯，他們相愛，結婚是很自然的事。但是，他們結婚以後並不幸福，一方面男的剛從大學畢業，事業經濟都沒有基礎；再方面，男方的父母對這門婚事本來就不太滿意，可是自己的兒子死心塌地的，他們也拿不出辦法。想想看，生活上的壓力加上家人的歧視，她能有好日子過嗎？前不久，我在火車上碰到她，老天！她那像以前的她？瘦了，瘦多了，懷裡還抱了個未足歲的兒子，那付憔悴的樣子，簡直使我不敢相信呢！可是，這卻是千真萬確的。

——很動聽的故事。雅雯，坦白告訴我，你絞了多少腦汁編造這個故事的？

——噢！唐迪，你以為這是謊言？

——即使不全是謊言？也有部份情節是揑造的吧！

——我為什麼要揑造？唐迪，我真不明白你為什麼會有這種奇怪的想法？

——很簡單，妳只是想用這個故事作為拒絕我的理由。

——太可怕了，這簡直等於說：柯雅雯不願嫁給唐迪。真的，我真替你有這種可怕的想法難過。

——的確該難過，因為唐迫不但還沒有什麼事業基礎，而且在臺灣連一個親人也沒有。

——哦！親愛的，別用這樣冷酷的語氣對我說話，我求你，唐迪，讓我們心平氣和的來商量這件事情。

——這事情很簡單，我需要一個家，一個普普通通的家。這個家必須有個女主人，即使她平平凡凡，但我照樣會用整個的心去愛她，我會用全付的愛去溫暖這個家。事情就是這麼簡單。雅雯，別皺眉，告訴我妳的答案。

——別逼我，唐迪，你知道我很願意做這個家的女主人，可是，可是……。

——可是，我怕挨餓，我怕丈夫養不活我。是不是？雅雯？

——噢，噢。唐迪，我求求你，別拿這種態度對我，你不是這樣的一個人，你…你不是的……噢，這叫我怎麼說呢？

——柯雅雯，還是讓我替妳說吧。妳年紀輕輕，人又長得這麼漂亮。妳要把握青春，妳要起飛，妳想叫人有一天看妳的臉色，妳要創造輝煌的藝術生命讓許許多多的人羨慕崇拜。在我想來，這些也許妳都能辦到，但是我剛才說過，這一切對我並不重要，我需要的只是一個普普通通的家。

——唐迪，你說對了，但只是說對了一半。我可以問你一句話嗎？你為什麼要幹新聞記者？

——這是求生的一種方式。

——難道沒有其它的說法？

——它是我的志趣。

——我認為不完全是如此，在人類求生的本能中另有一種潛慾望存在，可是，這種潛慾望有的人不易察覺。我記得你講過，兩年的記者生涯已經有點厭倦了，有機會很想謀個編輯什麼的職位幹幹，這就是你的潛慾望。我呢？當然也不例外。我們所不同的只有一點：我比較積極，把它看得重要些。

——也許，有一天我會同意妳的說法，可是，重複一句，我目前所需要的只是一個普普通通的家。

——唐迪，我們不要再為這件事爭執下去好嗎？我們來「金馬車」的目的是喝咖啡。來，喝完它，我們慢慢兒散步回去。

那樣簡單的一件事情，就因為兩個人觀點的不同而弄成僵局。該怪誰呢？也許誰也沒有責任承擔錯誤。退一步說，這也只是普普通通的事情罷了。

而現在那個緊盯著自己的女人，聲勢卻是那樣的咄咄逼人。當她在四點三刻踏進他辦公室的時候，唐迪確實是大大吃了一驚，他真覺得整個美好的下午，都因為她的出現而完全破壞了。

「前年春天，我應邀到東南亞各國巡迴演唱，一個禮拜前才從香港回來，回國後第一件事便是打聽你，你名氣很大，雜誌圈內大都曉得你這個人，本來應該先給你個電話的，但後來一想，直接來找你不是更好嗎？」

當然，這種解釋不能算是多餘的。至少，對她來說，這比什麼都重要。見到她的一剎那，唐迪的思緒立刻像怒海波濤般的洶湧翻騰，不過，他卻能很快的使自己穩下來。

「雅雯，這都是過去的事了，還提它幹嘛？」現在，唐迪已經十足的能夠控制自己。香煙叨在嘴裡，他露出一副悠閒狀：「我現在已經習慣喝加糖的咖啡了。」

「那麼，由我作東，我們到『藍屋』去。」

「這簡直是一種遊戲。」他對自己說。他想到茹茹。

在計程車上，柯雅雯從她怎麼樣在一次成功的演出上被星探發現，而被網羅在電視公司旗下，而後又如何的打入電影圈，以及出國演唱的經過情形，絮絮不休地向唐迪述說；而唐迪卻心不在焉地注視著夜市的繁華。想起五年前的臺北，根本不是現在的這個樣子。那時候，沒有這麼多的高樓大廈，也沒有這麼多的車輛行人。事、物都會改變，何況有感情的人呢？這樣一想，他就覺得沒有必要鄙夷雅雯的庸俗了。於是，他偶爾也附和一兩句。就暫時讓自己隨著她變得庸俗一點吧！反正這是一種遊戲啊！

車子在「藍屋」門口停下來，計程表上標明八十元，唐迪的皮夾子剛從上衣口袋掏出，而雅雯卻很快地把一張百元大鈔塞在司機手裡。唐迪意識到：在這場遊戲裡，第一回合，自己很顯然的已經處於下風。

他們選了個靠窗的卡座坐下。走道邊擺著棕櫚盆景，坐墊寬敞舒適。燈光柔柔的很富情調。——這地方，唐迪和茹茹來過兩次，侍者很快地送來咖啡，雅雯輕巧地把兩顆方糖放人唐迪的杯裡攪拌著。沉默了一會兒，雅雯按捺不住開回了：

「啊——唐迪，再想想看，我們分離有多久了？」她舒坦的靠在椅背上，在淡柔的燈光下依稀可辨那對亮麗的眼睛不停地眨動。

他燃了支煙，凝望著窗外的夜景——輝煌燦爛的夜景。不知為什麼，他突然間感到一切都不踏實。是空虛？是落寞？還是愁鬱？原該陪茹茹上「綠園」的。而現在卻置身在這種地方，又是在這樣一個熟悉卻又陌生的女人面前。如果，茹茹知道他曾經背著她玩一種毫無意義的遊戲，將會產生怎麼樣的後果呢？

——迪，我知道你需要的是什麼？我是一個平平凡凡的女人。有一天，我會替你造一座溫暖的窩。窩裡，有你、有我，除此以外，當然也還需要一些什麼來點綴。……

這就是他渴望的。出自茹茹口中，他感到格外實在。他了解茹茹，茹茹也了解他，男女之間有什麼比這更重要的呢？即使是在國外的那些年，他也拋不掉這種熱切的渴望。在大陸家鄉，六歲就跟父母親離散。舅父帶著他在烽火砲聲中自淪陷區逃出來。好不容易才輾轉來到臺灣。舅父是他唯一的親人。可是，在他唸高一那年，苦命的舅父卻死於一次意外的車禍。從那時開始，他唯一的憑藉就是自己的兩隻手。白天上學，晚上出賣勞力。餐館的僕役他幹過；打蠟、洗地板的工作他幹過，送報生他幹過。手掌上的厚繭，眼角早生的皺紋，左手胳膊泛紫的疤痕……這些都是刻劃他坎坷命運的符號。

「唐迪。」雅雯細弱的聲音打斷了他的回憶。他把視線移注在她臉上。

「這幾年過得還好吧？」

從國外頂著碩士帽回來，應該是可以過得很好的。可是，生活價值的判定也不一定依循常理啊！他認為自己活得很踏實，尤其是在認識了茹茹以後。

「還是老樣子。」他避重就輕的說：「妳一眼就可以看出來的。」他把「何必問呢？」幾個字省略掉了。

「聽你的口氣，好像對我的怨恨還是一直沒有消除。」

「妳說呢，我能怨妳什麼？恨妳什麼？」

「這點你自己心裡明白。」

「明白？」他冷笑著：「我心裡當然明白，難道妳現在後悔了？噢！我可敬的柯雅雯小姐，妳懂嗎？現在有多少男士為妳神魂顛倒？有一天，妳的錄影片在電視播映時，妳知道我們老闆怎麼說的？『小狐狸精人倒是長得更甜，歌也唱得不錯，但聽說是從歌劇隊冒出來的，出身不太高尚。』雅雯，妳現在的名氣很響是不錯，但是，妳要小心無謂的中傷，所謂『樹大招風』，你不能不防。」

「唐迪，我感激你這番好意。可是你還是沒把話說明白。」她用湯匙攪著咖啡，神態出奇的平靜。

「我不懂妳的意思。」

「也許我們應該從那次爭議談起，你放心，我不會浪費你太多時間的。」

「那麼簡單的一件事，現在還值得再討論嗎？」

「我想是的，因為你已經有了茹茹。」

「茹茹？」一個秀麗玲瓏的影像，四面八方向他圍過來，他怵然一驚。「這和她有什麼關係？」

「唐迪，別擔心，我不會讓你為難的。但是，我必須讓你明白一件事，不然。我會自己難過一輩子。」

「我完全不曉得妳在說些什麼？」

「是的，這事你不容易懂的。」她輕啜了一口咖啡。「不過，你總應該記得，我們在『金馬車』曾為結婚的事鬧得很僵。那天晚上，你不願陪我散步回隊上。第二天我給你電話，你不願接聽；第四天，你退回我向你道歉的信，我知道那封信你看也沒看，因為退件的理由是拒收。唐迪，你應該看那封信的，你那時候做得實在有點過火，不然的話，現在的情形會完全不同。」她疲憊地嘆了口氣。「真的，我沒想到你會對那次爭執這麼認真，辭掉差事不算，連離開高雄也不給我一聲通知。我為這事難過，鬧失眠，到處託朋友打聽你，但沒有結果。」

「我在新竹一所中學教了一年書。」他用力捻熄半截煙蒂，心口梯梯突突的，想不出妥適的措辭。「我一直想忘掉我們之間的一切。換個工作環境，也許可以使自己改變。後來我才發覺，要鏟除不快的記憶，事實上是非常困難的。」

「我做夢也想不到你會離開新聞界，當然，更沒想到你會出國。」

「妳給我的刺激太深。」他又點燃一支煙。

「所以，我現在並不後悔。即使你已經有了茹茹，可是，我的付出已換取了代價。」柔和的燈光下，她的眼瞳亮麗麗的閃著光，但是，聲音逐漸微弱下去：「唐迪，我替你高興，不到三十歲就爬上了總編輯的職位，這是不容易的。記得我以前說過的一句話嗎？一個人在受到重大的打擊或刺激以後，只有兩種可能性，一種是拼命往上爬，另一種是無助地往下掉。你終於選擇了前者，我能不替你高興嗎？…但是…唐迪。…」顯然地，她力圖振作起來，但已力不從心，眼淚使她的聲音完全走了樣。「這樣做，卻改變了我們共同的命運，不然，我們…。」

這真是一次嚴重的「意外」啊——一次更令他心弦震顫的意外。他望著掩面低泣的雅雯，一股打從心底觸發的激情，使他忍不住想縮短他們形體間的距離。但是，他又想起茹茹。——這一刻，酸楚像抽風機似的在他心中滾滾轉。

「雅雯，我現在完全明白了。」他望著輝煌的夜市沉聲地呢喃：「這世間的許多錯誤，往往都是在無意中造成的，我感激妳，也替自己抱憾。…」

「現在，我們的一切都成為過去的了——但是，還有將來，你的將來，我的將來。」她擦乾眼淚，亮麗的眼瞳再度閃現堅毅地神采：「唐迪，時候還不晚，你還來得及給茹茹一個愉快的周末夜晚。」

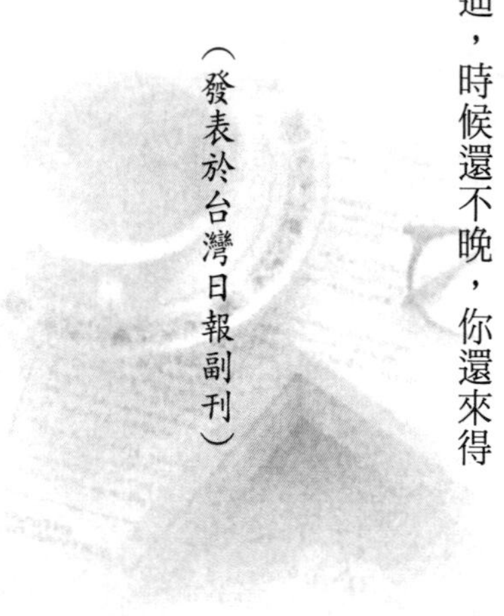

（發表於台灣日報副刊）

散文

師恩難忘

❖永不褪色的記憶

辦公桌玻璃墊下壓著一張泛黃的黑白照片，它是我初三那年拍攝的，已有三十幾年的歷史。

照片中有八個身著童軍服的男孩，在露營帳篷前方一字排開，站中間的就是我永遠懷念的黃雲英老師。那時候，她大約三十七、八歲光景，上頭微捲烏黑的秀髮，把她橢圓甜潤的臉蛋兒襯托得十分俏麗，尤其鉤掛在嘴角的那縷輕顰淺笑，益發流露出她內心的和藹慈祥。論身材，我們八個大男孩中個兒最高的也差她快一個頭，以審美的眼光來看，她算是一個中年遲暮的美人。

懷念她，是因為她心中有愛。

懷念她，是因為她用愛拯救了我免於沉淪。

有人說：老師的愛像朝陽，可以啟導人振奮向上，在自己多年為人師的經驗中，更深切的感受到：老師的愛像涓涓細流，可以匯聚成河而成澎湃江海。

◆ ◆ ◆

❖她是用心、認真的好老師

黃雲英老師是我念大湖初中三年級的導師。

小學畢業，我以優異的成績考取了省立苗中，只念了一年，我就轉學到縣立大湖初中，由省中轉學到縣中，很多人替我惋惜，其實，自己也很不情願，但由於現實因素，也只好認命。

當時，我住在大湖鄉下，從家裡走到汽車站要半個小時，再搭車到苗栗至少要五十分鐘，下了車走到學校又得十五分鐘，如果加上等車時間，每天上下學至少得花四個小時，所以，我每天五點就得起床，趕搭六點十分的客運早班車，冬天，天未亮就得出門，而放學回到家早已夜幕低垂，為了我念書，母親必須起個大早為我張羅便當，加上通學要車費，無形中增加開銷，家裡本來就窮，人丁又少，思前想後，還是決定轉學。

那時候，大湖初中全校只有九班，一個年級三班，甲乙班是男生班，丙班是女生班，我轉學後被安插在二年乙班。

我清楚的記得：開學第二天就有理化課，教課的就是黃雲英老師，她進教室後先點名，點到我時，我大聲舉手應答，她露出滿意的笑容說：「從省中來的就是不一樣，有精神、有活力，希望你為這一班帶來朝氣。」很多目光朝我盯看，我羞澀的笑笑，其實，她應該知道：這個班上，大半都是我國小的同學，我既不陌生，也不會緊張害怕。

黃老師給我的第一印象是：教學認真，紀律嚴明。上課中，她要求同學絕對專心，偶有同學在底下調皮搗亂，她就毫不客氣的加以斥責。我發覺：上她的課，同學的神經都會繃得很緊，大概也因為這緣故，才會讓她感覺到這個班缺少朝氣。

兩堂課下來，黃老師給我很好的印象，因為她跟省苗中的老師一樣：教學態度認真，要求嚴而不苛。

◆ ◆ ◆

❖她有一顆慈母心

真正跟黃老有進一步接觸，是在初二上第二次月考前夕，有個星期日，因為幫家裡做農事，竟忘了寫理化作業，星期一中午，我被請到辦公室，黃老師要我在她座位旁的鐵椅上坐下來，使我有點兒受寵若驚。

「你一向都是按時交作業的，這回為什麼一個字都沒寫呢？希望你坦白告訴我。」她和顏悅色的問我。

我坦白的，毫無保留的告訴她原因，事實上，我根本不想隱瞞什麼，那時候，大多數同學家境都不富裕，課餘總要幫忙做活兒，問題是：做活兒歸做活兒，功課也不能擱在一邊，不做功課就是自己的錯，我在應答時坦誠的表露了這種想法。

「你認錯的態度我非常欣賞，如果每一個學生都像你的話，老師根本就用不著生氣。」她露出和藹的笑容：「你母親也告訴過我，你很孝順，很乖巧，在家裡都會自動自發的幫忙做家事。」

「老師認識我媽媽？」我心裡一驚。

「認識！認識啊！」她笑彎了嘴角：「豈只認識，我還是她的顧客呢！你母親不是常挑菜到市場賣嗎？她種的青菜最合我們家人的口味啦！」

難怪，媽曾提過有老師跟她買菜的事，我當時也沒多問。

「我聽你媽媽的談話，知道她很疼你，你可要好好爭氣，把功課念好，別讓她失望喲！」

黃老說的是真話，媽的確很疼我，因為她就只有我這麼一個寶貝兒子，而她的丈夫——就是我的生父，卻在我襁褓中就過世了，四歲那年，繼父進門，十幾年來，媽始終沒有生育，家裡種了幾方水田，另外有一甲多的林地，生產的收入微薄，農閒時繼父打零工，媽則種些菜挑到市場去賣，以貼補家用。那年頭，每個人似乎都很賣力的在為生活打拚，對子女也都懷有一份熱切的期望，期望子女把書念好，只要考得上好學校，哪怕變賣田地，也要供子女念書，媽也不例外。

那天，黃老師跟我談了許多，言語間，充分流露出她對學生真誠的關懷和愛意，使我對她的敬重又增加了幾分。

◆ ◆ ◆

❖她說：如果你被記過的話……

在班上，我從不覺得自己有什麼優越感，我也不想爭個什麼第一，只希望成績過得去就好，所以，我花在功課上的心思其實不多。

在班上，我人緣不錯，初二下，同學選我當班長，幹不到兩個月，我就向老師請辭，因為我對這項職務沒興趣，從小我就不愛出風頭，也不喜歡受束縛，當班長似乎事事都要作同學的榜樣，我的個性不適合。

懵懂年少的歲月，也許不算無知，但對某些事情的道理卻少有深入探討的情懷，機械單調、平靜安謐的日子，過久了也會令人厭煩，面對未來，也懶得去思索什麼，苟且、渾沌，彷彿就是當時內心的寫照。

潛藏的心理危機，一點也不自覺，幾個臭味相投的同學湊在一起，居然有意無意間學會了抽煙、撞球、偷看色情書刊，甚至翹課去看電影，自認為這一切都是理所當然，少年人嘛！除了念書以外，總要有一些生活情趣才對。

我們一直以為自己「道行」高超，不被師長察覺，豈料有天放學後，訓導主任卻傳訊我們到他的辦公室，一進門，意外的卻發現黃老師坐在沙發上，我突地一陣驚悚，心跳加劇，渾身都不自在，好一陣子，訓導主任才開口說話：

「為什麼找你們來，我相信你們心裡有數，你們以為自己做的勾當沒人知道，其實，我們早已注意到，沒有立刻揭穿你們，只是想給你們機會自行改過。」

我們五個人垂首無言，大氣一口也不敢吭。

訓導主任牢牢實實的訓了我們一頓，並要我們在一張印好的「悔過書」上簽名捺下指紋，才放我們回家。

逃過一劫，甫跨出訓導處的門檻，我卻被黃老師叫住了，她帶我到值夜室坐下來，我一顆心七上八下，惶亂不安。

「我不想再責備你，但是，你必須坦白回答我一個問題。」黃老師嚴肅而冷峻的聲音穿過我的耳膜：「為什麼你要去做那些事情？」

為什麼？我自己也不確切瞭解，但是，我總得找個理由來搪塞。

「我們覺得生活很無聊。」我說：「只是想找點新鮮的刺激而已。」

「按規定，學校可以記你們的過，是我向主任說情的，我怕的是這次原諒了你們，下次又再犯，到時候，我想維護你們也不成了。」

黃老師的音調緩和了些。「想想看，記過通知單寄到家裡，你媽媽會是怎麼個想法？我兒子一向乖巧，只因為轉學回來，所以學壞了，她不但會很傷心，甚至會怪怨學校老師沒盡責，沒把你教好，這樣會讓我很內疚的。」

我不知該說些什麼好，在這種情況下，似乎說什麼都是多餘的，而黃老師仍然以她一貫溫婉的態度，心平氣和的跟我講道理，鼓勵我專心念書，潔身自愛，我內心雖然惶亂如麻，但是老師的話，我還是句句聽進耳裡。

◆　◆　◆

❖免費輔導我們的課業

從此以後，我就像假釋犯一樣，被黃老師盯得死緊。

說真的，自己也沒多少做壞事的本錢，從小就在一個貧困保守的家庭長大，繼父和母親雖然沒受過多少教育，但也懂得待人處世的道理，尤其母親，她那善良勤樸的美德，頗獲里鄰稱揚，在耳濡目染下，我自然也壞不到哪裡去，而黃老師的「緊迫盯人」，更讓我提高了戒心，我知道她和母親一樣的疼我，信任我，我怎忍心讓他們失望傷心？

一學期匆匆而過，上了二年級，黃老師意外的擔任了我們班的導師，同學們對學校這項安排滿心歡喜，特別費心開了一個歡迎茶會，還有同學送小禮物給她。

師生之間感情的水乳交融，使我們初三乙的四十五個同學凝聚了一股強烈的向心力，不但課業成績領先甲丙兩班，各項競賽也迭有佳績表現。

課餘，黃老師就像慈母一般的善待我們，同學有了困難，她一定設法協助解決；同學不經意的犯過，她會以寬闊的胸襟去包容；她常講一些中外名人的小故事。以激勵我們的道德情操；她也常撥冗陪我們一起郊遊露營，那張泛黃的黑白照片，就是初三上學期我們在法雲寺山腳下汶水溪邊露營時的留影。

在愉快的學校生活中，我多少也感受到即將面臨的升學壓力，我的目標鎖定在師範學校，因為可以享受公費待遇，減少家庭負擔，畢業後又有工作，可以幫助家計，但是，那時候考師校難如登天，自己並無把握，有一次，在週記中透露了這種焦慮，黃老師看了立刻找我去談話。過不久，她宣布成立「師校升學輔導班」，由她擔任輔導老師，利用放學後和假日，在學校督導我們複習功課，後來，她又說動了一位英文和數學老師加人輔導陣容，而我們接受輔導的十五個同學卻完全免費，母親為了答謝黃老師這分人情，不時吩咐我帶自家產的新鮮果蔬送到她的宿舍去。

這期間，我富然也有怠惰疏懶的時候，黃老師總是耐心的誘導我，有兩次甚至請我到她的宿舍懇談了好久，她豐盈的愛，甜潤了我心，也感動了我，我無以為報，只有在課業上戮力奮發，以考取師校為目標，才不會辜負她的厚愛與期望。

◆　◆　◆

❖願她永遠活得好好的

我常想：今天能夠為人師表，並且擔任一校之長，這條路的地基是黃老師替我鋪設的。

猶記得考上師校的第二天，黃老師頂著大太陽，走了老遠的路，到我家來道賀，還送了我五百元的「獎學金」，這使我感動哽咽得說不出話來。

在師校三年期間，我常抽空去看她，當了老師以後，也還經常跟她保持連繫，有一年開同學會，全班到了四十三人，只有兩人因故缺席，她在講話時淚眼婆娑，直說我們「有用」（客語：念舊情的意思），我心裡想：對於這麼一位好老師，學生如果「無用」的話，那還配稱為「人」嗎？

大約是六十九年歲吧，我得知她因子宮癌住進榮總，立刻趕去探望，那時候，她已年屆七十，身罹重病，容貌憔悴，看得我心裡好難過，所幸，經過半年的治療，她居然奇蹟似的康復了。這期間，我有空就往醫院跑，每次發現她病有起色，心中就覺得無限寬慰。

出院之後不久，她移居加拿大，此後連絡僅靠書信往返，但是，她回信的次數漸漸減少，最後音訊杳然，七十五年以後就再也沒有她的消息。

失去了連絡，但經常會想起她，每回瞥見玻璃墊下那張泛黃的黑白照片，就會勾起很多零碎的回憶，不管她現在身在何方，我心中最大的祈願，就是希望她永遠活得好好的。

（發表於新生報副刊）

心中有神．目中有人

心中有神．目中有人
心中有神，就是福田一方，共商真理。
目中有人，就是心蓮萬蕊，同進和諧。
心中有神，佛常在。
目中有人，人自在。

唐朝有位名僧叫僧那，為學治事都廣受時人推崇，尤其對禮記、易經的深入鑽研，更是名滿天下。可是，有一天，他忽然頓悟：人生種種，不過是一場空。從此，他再也不提筆修書著說，而且遠走他鄉，雲遊四海，過著「一缽千家飯，孤僧萬里遊」的消遙生活。

台灣也有不少的「現代僧那」，在功成名就之時，突然退隱山林，過著閒雲野鶴的鄉居生活。聯合報八十一年八月一日所報導的禪學大師張尚德就是一例。這位上等兵出身，曾先後畢業於台大哲學系、台大哲學研究所的湖南人，目前正隱居在苗栗縣獅潭鄉一座隱僻的農舍內面佛修禪。這座名叫「達摩農舍」的禪堂，佔地兩公頃餘，群山環抱，清流潺潺，遠離塵囂，彷若世外桃源。在這裡，大師經常自己下田耕作，研禪教禪，自得其樂。他一心一意要從有為中歸向無為，從無為中再歸向有為。

常有人問起：你的信仰是什麼？

通常，我總是先推置一臉誠懇的笑意，然後輕聲的回答：我什麼都信。

思維靈敏的人必然會很容易的發覺，問題本身過於空泛，實在很難要我具體的作答。我的信仰到底是什麼？這句話可以換成另外一句話來說：什麼是值得我去相信的事情？照這樣的問題來回答，我的答案可以有很多很多個。

我可以說：我相信名位。有了名位，你就可以獲得你所需要的一切。我也可以說：我相信金錢。有了金錢，世間任何美好的事物都垂手可得。

當然，我也可以這麼回答：我相信知識，因為知識就是財富，就是力量。

但是，我如果照上面的答案去作答，問我問題的人定會覺得我的腦筋不太靈光，他可能會進一步的告訴我，他要我回答的真正問題是：

你信仰的是什麼神？

問題明確，當然我也會明確但不具體的回答：

「我沒有特定信仰的神，但我心中有神。」

一個人若是心中有神，必然就目中有人。

心中有神，心必虔敬。

目中有人，心必誠懇。

而虔敬與誠懇是現代人待人處世的良方。

從小到大，我確實沒有執意的信仰過某一種宗教，但是，也從沒有排斥過任何一種宗教。

小時候，常跟隨母親到寺廟裡去焚香膜拜，現在逢年過節，自己也常敬備牲畜香果到附近廟祠去善盡禮俗。路過教堂，心中也默念「阿門」；目睹災難，也常喃喃自語「南無阿彌陀佛」。心中有神，我就是這樣長大的。

也許就因了這份對神的虔敬，連帶的，我待人也一向誠懇：不管小時候或長大後，遇到長官或親朋好友，我總是滿心誠懇，表示和善，知緣惜緣。

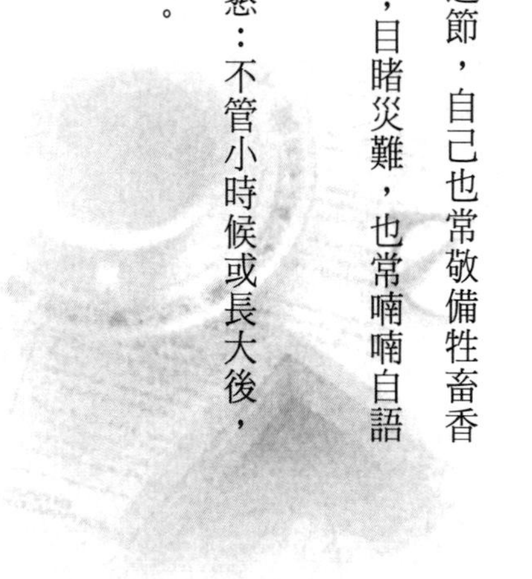

我這種「由神而人」的心理轉化過程，其實是極合乎人性的，我自詡這是一個優點，我用善意解釋世間許許多多不可理諭的現象。

張尚德大師說：現代的人物質生活富足，但精神生活卻很空虛。因為精神空虛，常使人鬱悶寡歡。最主要的原因就在於現代人大多數都以「自我」為中心，所以煩惱就隨之而來。

人的煩惱到底有那些呢？依據佛家的說法，人的煩惱一是「煩惱障」，一是「所知障」。

「煩惱障」是與生俱來的，大致可以分為幾方面：

貪——貪求不厭。

瞋——心浮氣躁。

癡——悵惘迷失。

慢——怠惰不勤。

疑——疑神疑鬼。

而由貪、瞋、癡、慢、疑共同構築成的不正確的「惡見」，是煩惱的集大成。

因此，大部份人是因「惡見」難除而經常在人、神之間的問題上矛盾掙扎。這種心靈的煎熬，是每一位「有所知」的現代人都經歷過的，而且痛苦過的。

在功利主義狂飆的今天，有很多很多人已經是「心中無神」、「目中無人」了。

社會上瀰漫著烏煙瘴氣。名位為尊，財勢為貴；傳統社會的沉潛修持和道德倫理，蕩然無存；價值觀念丕變的結果，給現代人帶來了更多的煩惱和災難。

政壇上，權力鬥爭，暗潮洶湧。

商場上，花招百出，你死我活。

「以和為貴」的觀念已被視為落伍。

祥和之樂已被暴戾之氣所取代。

這也算是台灣「經濟奇蹟」之外的另一「奇蹟」。

桃的仁要種在土中，才能長出新生命。

人的仁要植於心中，才能發出真光輝。

前新竹市教育局長林朝夫有次演講時講過一個故事：

清朝時有一個地理師，常出門替人看風水，有一天，他住在一家小店，吃飯時，發現飯中摻雜了一些小石頭，心中不悅，心想：這小店生意不錯，店家還這樣不老實，在飯裡放小石頭欺騙顧客，真可惡，非要給他一點顏色看不可。於是，他趁著黑夜，在店中一角放置符咒。過了不久，他又路經這家小店，發現生意反而比以前更好，心裡大惑不解，於是找到店家，問他為什麼在飯裡摻雜小石頭，店家回答說：因為來小店吃飯的人都是附近幹粗活的樵夫，他們食量大，吃飯速度快，怕他們吃太快噎著了出毛病，所以故意在飯裡放小石頭。地理師聽得這麼一說，雖未面紅耳赤，卻也暗自內疚不已。

這個故事中的店家所秉持的就是一個「仁」字。這個「仁」字就是「神性」與「人性」的根由。

心中有「仁」，自有神性。

目中有「仁」，自有人性。

觀世音普渡眾生，是「仁」。耶穌拯救世人，是「仁」。

慈善家濟貧助幼，是「仁」。醫師救助傷患，是「仁」。

「仁」者無敵。

「仁」者通神。

「仁」者「人」也。

一個人能「仁」，則心澄淨，目清澈。借用林朝夫先生的話，這個人就可以：

日日是好日，
夜夜是良宵，
處處是福地；
法法是良法。

（發表於厚德月刊）

寂照中常保歡喜心

「心想事成」是一種希望，一種期待，一種夢想的實現。

該是下班的時間了，略作收拾，鎖好抽屜，準備離開辦公室。

走出門口，才發覺不知什麼時候又飄起毛毛雨來了，早上出門時，天空是一片亮麗，沒帶傘。只好瀟灑的淋雨回家啦！

「校長，沒帶傘嗎？」身後傳來一聲問候。

回頭看見鄭宜珠老師拎著傘，提著包包，準備回家。

「雨不大，沒關係！很快就到家了。」我笑著回答，後面想補一句「謝謝妳關心」。但沒說出來。

「不行啦！會淋溼的，我去辦公室找，看有沒有傘。」說完也不等我答話，她就轉頭朝導師辦公室折回去。

「不用麻煩了，謝謝妳！」我想叫住她，但她沒回應。我只好站在走廊上，望著漫天灑落的雨絲，想著初夏天候的變化無常。

幾分鐘以後，我看見鄭老師從辦公室出來了，手上還是一把傘，一個包包，只是臉上的笑意中多了些許失望與無奈。

「校長，很抱歉！找不到傘。」她說。

「沒關係，沒關係。謝謝你！」

此刻如果攬鏡自照，我十足的相信自己的容顏上必然洋溢著虔敬的感激之情。

此刻，離放學時間已經超過十分鐘，校園一片靜謐安祥，只聽見雨點滴落地面上發出撲簌撲簌的響聲。西邊天際猶有一束光影，凌空穿越高壯的椰子樹，照現了雨絲的晶瑩剔透。

不忍揮拂的是心懷中那股久久不散的溫暖與歡喜。

◆　◆　◆

我每天早上大概七點十分左右就會到辦公室。

在進入辦公室前，我必須經過第二棟樓的川堂，而在川堂中，我一定會跟一群「舞者」碰頭。

這群舞者為數有二十幾人，他們喜歡跳交際舞，每天清晨六點多，就陸續到達川堂隨著音樂節拍翩翩起舞。我經過川堂的時候還得特別小心，以免妨礙他們的舞步。習慣於每天跟他們道早安問好，至少也跟他們點頭微笑。日子久了，彼此都覺得親切熟稔。

舞者之中，不乏高手，不管探戈、華爾滋、吉魯巴、恰恰，其身手姿態都不遜於電視螢光幕上的職業舞者。有時候，懷著欣悅的心情，觀賞他們的演出，實在是一種不可言喻的享受，因為他們跳得那麼專注，那麼用心，彷彿旁邊的人物都不存在，唯我獨尊，傲岸昂揚，那一刻，別人很難想見他們內心的歡喜。

舞者之中，有一位八十五歲的醫師，舞步雖然稍嫌遲鈍，舞姿也難稱曼妙，但是，他也是地方太極拳協會的會長，懸壺濟世六十年，如今一把年紀，身子依然硬朗，笑容依然充滿另一種男人的魅力。心底裡，我真的是很羨慕他。

舞者之中，各行各業的人士都有，男女老少，齊聚一「堂」，彼此學習，琢磨舞技，想必他們心中充滿了歡喜。

川堂，就在我辦公室的斜對面，每個上班的早晨，我時常會挪出一點時間，安詳的坐在沙發椅上，一杯熱茶陪伴，定定的欣賞他們的演出。分享他們內心的歡喜。

◆ ◆ ◆

每天下班以後，就是我的運動時間。

我深深的覺得：每天二十四小時當中，這一小段運動時間是我一天中最快樂的時光。

在網球場上與球友們競技，已不再是勝負的考量，而是精神與肉體的放鬆。上班八小時所累積的工作壓力，可以在這時刻得到紓解；生活中大大小小的憂煩，可以在這時刻暫時拋開。擊出一好球，會情不自禁的大吼一聲：「YES」給自己鼓勵；化解一次對方來球的危機，會讓自己心頭一震：原來我也有這等的能耐！

下了球場，一身汗水，卻不覺難受，反而渾身舒暢。

坐在場邊，可以與球友天南地北的瞎掰窮扯，無所不談，有人願意論古說今，談得口沫橫飛，也就有人願意豎耳傾聽，充作忠實聽眾，彼此之間，沒有利害關係，只是很自然的在相同的興趣之外，分享彼此內心的歡喜。

一年多以前，當球友徐文德老師還在世的時候，我們有幾位球友在球賽中，常常會押個一局一、兩百塊錢的小注，幾天下來，輸贏之間，總會累積一、兩千元的賭金，然後找一間小吃店，點幾道小菜，叫幾瓶啤酒，痛快的爽一下。這種打牙祭的方式，形成了球場的另類文化，但是，從沒人說它叫「賭博」，因為輸贏的金錢不是實體，而只是我們賺取內心歡喜的工具。

但是，從徐老師在五十歲的中壯之年不幸離世以後，這種球場的另類文化就不再有了。當初，球場會有這種文化，倡議人就是徐老師。他的離開，代表這種文化的寂滅，熱鬧的場面不復見，球友的內心也逐漸孤寂，雖然，我們的形體依然在球場上奔馳。

一場球賽結束下場休息，其實也是人生階段的另一種描摹，不管輸贏，大家臉上都是一片清純，也許，內心的疲憊被汗水洗盡了；也許，工作的不快暫時被平撫了，也許……，不可置疑的是，每一個人都懷抱著一顆歡喜心。

◆　◆　◆

「心想事成」是一種希望，一種期待，一種夢想的實現。

心裡想歸想，事情成不成是另一回事。而事情成與不成，除了機運以外，最重要是個「行」字。只有在「行」的過程中，才能體悟生命存在的內涵、價值與意義，也才能清楚聽見自己內心深處的聲音。

佛家論「行」，告訴人要在「捨得」裡做學問，在「寂照」中下功夫。所謂「寂照」，即是在孤獨之中，涵蓋著一份對人世間的關懷與摯愛。而所謂孤獨，並非離群索居，在深山古寺中，終日靜坐，誦經，就可以開悟。其實，真正的孤獨，是讓自己的心扉敞開，迎向生趣盎然的世界，「心中無對手，腳下無疆界。」走過的地方自然的開闊，生機蓬勃，如意自在，充滿法喜。

同事間的一句問候，正是「寂照」的體現，讓彼此之間充滿歡喜心。舞者之間的彼此學習觀摩，也讓他們充滿了歡喜心。

網球場上的彼此競技，何嘗不是歡喜心的展現？

是的，讓我們在「寂照」中常保歡喜心，讓我們活得更充實、更自在。

（發表於桃縣文教雜誌）

含笑的淚光

《1》

裁判一長聲的鳴笛，比賽時間終止，冠軍夢碎。

清點場內人數。對方五。這是第三局的賽事。兩個人頭的差距，決定了冠軍誰屬。下了場，二十個小男生，全部像鬥敗的公雞，垂頭喪氣，一語不發，默默的走回休息區。教練林老師的臉色當然不會好看，平日治軍嚴明的他卻沒有即時發作，只靜靜的陪著孩子們在樹蔭下休息。

今年學童的躲避球比賽，五月五號、六號兩天在東門國小舉行，本校男女生都代表楊梅鎮參加乙組（鄉、鎮）比賽。女子組以一勝二敗遭淘汰出局；男子組幸運的一路過關斬將，獲勝部冠軍。

五月六日上午的冠軍爭霸戰，本校對上由敗部復活的S隊。S隊在預賽中曾以一比二敗給本校，所以在開賽第一場輸了，按規定，必須加賽一場，決定最後的贏家。

決戰開始，本校士氣高揚，攻守俱佳，時間不到就已贏得第一局。第二局呈拉鋸戰，雙方你來我往，互有斬獲，但時間終了（每局比賽時間八分鐘），本校卻以一分之差落敗。接著進行勝敗關鍵的第三局，此時，因為對方先敗後勝，士氣大振，竟演出了大逆轉，結果以微末之差贏了本校。

綜觀這場賽事，本校該贏而未贏，雖然是一大憾事，但是，孩子們在這場賽事體悟了什麼，得到了什麼教訓或啟發，我認為反而是比成敗輸贏更重要的課題。

賽後兩天，我找個機會跟這些小男生們聊天。由他們的談話裡，我確信這場賽事對他們來說，彷如一場天崩地裂的戰役，即使戰火已熄，卻在他們的生命成長的過程中，烙印下不可磨滅的記憶。

「我覺得我們一開始太驕傲，沒有用心打，所以才會輸。」這是蕭安植反省的結論。

「其實，我們的平均實力比人家強，只是比賽的時候默契不夠，傳球一再失誤，所以才會輸了第一場決賽。」陳德宏道出了輸球的原因。

蕭宏熾是攻擊手，他也說出了自己的想法：「每一場比賽都不能鬆懈。我們的林老師常說：『對敵人慈悲，就是對自己殘忍。』現在想起來真是很有道理。」他們說這話的時候，神態都相當平靜，甚至眼角還泛著淚光。我以笑容撫慰他們。在這場戰役中，他們勇敢的衝鋒陷陣，即使不經意的犯下一些錯誤而錯失最後勝利的戰果，但是，他們也有令人意想不到的收穫呵！

《2》

天下佛陀照明功德會，今年四月底按例隆重表揚各行各業孝行人士。在獲表揚的名單中，本校六年級的曾文燕小朋友是唯一的小學生代表。

文燕的家境清寒，父親在一場車禍中不幸殘廢，母親也曾受過重傷，全家的生計一度發生困難。

文燕從小就乖巧可愛，在校用心向學，成績優異；在家經常協助家事，指導弟弟功課，是父母心目中的好女兒，是師長肯定的好學生，這次透過級任老師和學校的推薦，能榮獲孝行獎，應該是實至名歸。

文燕這次獲獎，傳播媒體有些零星的報導。為了讓全校小朋友分享她的榮耀，我特別把中央日報文教版，對她所作的一篇專訪文稿放大美化，張貼在川堂佈告欄內，讓更多的人去閱讀、去瞭解文燕的孝行。我也利用兒童晨會時間，公開表揚文燕，並且準備了一份禮物送她。

聽文燕的級任導師說：文燕個性剛毅，平常文文靜靜的，不多話，但也不木訥。那天，我特地找她到校長室來閒聊，只為了想多瞭解她。一開始，她略顯拘謹，言談之間多所保留；漸漸的，她似乎領受到我的善意，心防全部拆卸，她講起一些小時候家中困窘的情形，不知不覺的眼角泛著淚光。

「文燕，不要難過。」我安慰她：「每個人的生活中都有苦的一面，有的人是物質上的苦，有的人是精神上的苦，有的人是肉身上的苦，妳小時候承擔的苦是物質上的苦，這種苦隨著時空會逐漸消失的，現在，你不就好多了嗎？」

她點點頭，擦拭一下眼角。「現在是好多了，但是，爸爸是半個殘廢人，還要出去工作賺錢，我實在很心疼，恨不得自己趕快長大賺錢養家，減輕爸媽的負擔。」

「我瞭解妳的孝心。但這事是急不得的。妳現在最重要的事是把書唸好，將來能有一技之長，到時候自然會有很好的工作來幫忙家計，我想，爸媽現在這麼辛苦的操勞，也是希望你們姊弟將來都有出息，對嗎？」我盯著她，認真的跟她說。

她點點頭，感激的望我一眼。這一剎那間，我發現她眼角的淚光閃爍著晶瑩的希望、夢想與幸福。

這，不就是「人間四月天」嗎？

（發表於桃縣文教雜誌）

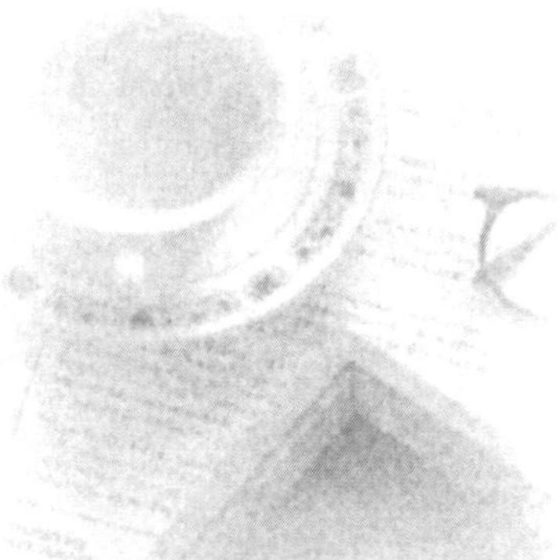

「生兒盡作江南語」——海外授課的一些雜感

八十一年三月十三日中時「人間」刊載水秉和先生的大作；「生兒盡作江南語，秋後如何返故鄉」，讀後心有戚戚焉，回想起七十四年和七十八年，我應僑委會之邀，分別到菲律賓和美國中文學校授課時所體認的幾件事情，也和水先生的觀點不謀而合。

水先生推崇的紐約市皇后區的鳴遠中文學校，我不曾去參觀過，但是我了解全美各地的中文學校，不管規模大小，都深受華僑的支持、認同，且都樂意把子女送去學習。我在美南休士頓地區中文學校教師研習營授課時，有一位三十幾歲的華僑婦人告訴我，為了送唯一的女兒上中文學校，她每週日五點半鐘就要起床，打理完畢，還要開兩小時的車，待女兒上完三小時的中文課回到家裡，已經是午後三時了，一個寶貴的星期假日就幾乎泡湯了，可是，她樂此不疲，認為這樣做是必要的，值得的。

在西雅圖，當地一位中文學校的老師告訴我：她班上有一位七歲的小女孩，每週日都由年逾六旬的祖母陪伴來上課，老人家早年由大陸移居美國，算是資深的「老僑」，但卻沒有完全洋化，她熱切的希望孫女會說流利的中國話，她甚至懇求老師每週額外給她孫女「補習」兩小時，她願意付高薪，但這位老師因為本身事忙，沒有答應她。

另外，我在達拉斯授課時，不僅中文學校的老師齊聚一堂認真的聽課，作筆記，甚至有幾位中文學校的學生也坐在後面旁聽，雖然我講述的內容偏重在教學的方法、技巧方面，但那幾個學生卻聽得津津有味，沒有一個人半途開溜。

這種種事例，都可以說明華僑普遍重視下一代的中文教育，至於重視的程度上，我的觀察瞭解和水先生或許會有差距。但我非常同意水先生的看法：雖然美國人在世界各地有美國學校，英國人在前英國殖民地有英國學校，可是比起世界各地的中文學校的數目和規模，它們都是小巫見大巫。

全美各地到底有多少中文學校，我手邊沒有確切的資料。我七十八年赴美授課只限於美西地區。同行的尚有師大、政大、高雄師大的四位教授，我們共同的感覺是：美西各僑校的老師都具有高度的敬業精神，他們不但聽課專注認真，下了課還會提出很多問題跟我們研討，由此可以證明：他們都迫切期望多充實自己的教學知能，希望把學生教好；從這兒也不難體會：他們背後也荷負著一股來自學生家長的壓力，決不能光拿薪水卻誤人子弟。

令人難以置信的是：在舊金山郊區，竟然還有一所「國際中文學校」，全校僅有六十幾個學生，從六歲到十二歲，各國籍的小孩都有，每週上課五天，全部上中文課程，聘請了八位老師，行政人員除外。據說是採高學費政策，另外透過關係爭取外援。我感到不解的是：這些孩子每天上中文課。難道不念英文嗎？得到的答案是：孩子在上中文課以外的時間，由家長教授英文，因為孩子接觸英文的機會多，所以學習能力不成問題。另外，我也聽說這些孩子絕大部份都來自於上流社會的家庭，這一點又值得我們去深思了。

水先生提到：美國華僑對子女的中文教育重視程度比不上東南亞的華僑。如果所謂「重視程度」是以中文學校的數目來論的話，情況確實如此。以菲律賓為例，私人創辦的華僑學校最多時達一百七十餘所。其中以馬尼拉最多。但自一九七五年中菲斷交之後，由於中共的干預，菲國政府下令僑校一律「菲化」，並規定外國人不得在菲國創辦學校，這樣一來，僑校經營立刻出現重重困難，但是，他們的信心並未動搖，他們運用種種關係向菲政府交涉，最後，菲國政府才放寬條件，但規定僑校董事會必須向政府登記；教師必須取得菲國國籍；學生必須有三分之二以上為菲國子弟；增加菲國政府規定的科目課程；減少中文授課時間為每天兩小時，且必須排在下午。由於菲化政策的影響，很多僑校都先後關閉，目前全菲只剩為數不到一百的僑校。

七十四年四、五月間，菲國南部的大城三寶顏市中華中學，主辦文教研習會。僑委會邀請我去講授語文課程，這是南島有史以來第一次舉辦這項活動，參與的學員包括附近的僑校中、小學教師，少數學生和社會人士，情況十分熱烈。

在四十幾天的研習時間裡，我利用空檔走訪了附近的僑校，對僑教情況有粗淺的瞭解。一般僑校老師，由於環境的限制，加上缺乏進修研究的機會，很難發揮教學相長的效果。我甚至發覺有不少的老師，連國語都不太會講，這又如何教會學生中文呢？此中最大癥結是：師資來源不易，因為沒有專門培養僑校師資的場所，通常只要求中學（小學念六年，中學唸四年）畢業，即可擔任小學部老師。我覺得，這個癥結如果不能解開，菲國僑教水準將每況愈下。還好，現在僑委會每年都會定期延聘台灣的優秀教師前往菲國各主要城市授課，不過，最上策還是僑校能設法莊敬自強。

由於國情不同，美國的中文學校可以不受政治干預，菲國政府卻對僑教處處設限，但各種資料顯示，菲國華僑並未因此氣餒。美、菲僑界所以會對中文教育如此重視，及秉和先生以「生兒盡作江南語，秋後如何返故鄉」作為華僑心態的寫照，可謂十分貼切；除此之外，我在海外與華人晤談之中，多少也能體悟他們的認知頗能順應時代的趨勢，畢竟中國人佔了世界人口的四分之一，過去幾個世紀來，中國人以這麼龐大的人口數字卻不能在世界舞台上扮演要角，自有它潛在的原因；但地球是圓的，誰敢說，到了下一世紀，世界舞台的空間不會是由中國人來主宰？有了這個概念，對於為什麼美國人願意讓子女上全日制的中文學校，也就可以找到答案了。

（發表於厚德月刊）

愛，盡在小小的關懷中

清早七點多，走進學校後門，總會看到一位老奶奶帶著她的孫女上學。老奶奶看起來七十多歲，有一頭銀色的捲髮，額頭眼角和臉頰的皺紋很深、很多，但是不太讓人覺得她有「老」的感覺。身軀微胖的她總是牽著小孫女的手，一步一步的從後門慢慢走向第四棟樓底層的教室，幾乎每天都很準時。

我有時會走在她們的前面，有時也會跟在她們的後頭，只要跟她們走在一道，我都會刻意放慢腳步，希望從她們的談話間了解到一些什麼。但是，多半的時間，老奶奶和她的小孫女總是靜靜的走而不說一句話，直到教室前面走廊時，才會聽到老奶奶熟悉的客家聲音：

「純純，要好好聽老師的話，上課要乖乖坐好，知道嗎？」

她的小孫女一定會輕輕的點頭，用國語回答：

「奶奶，我會乖乖的，再見！」

老奶奶滿意的笑笑，笑得好慈祥，好滿足。

這樣一幅人間親情至愛的圖像，雖然每天不停的上演，可是，決不會有人嫌煩，也不會有人懷疑它的虛偽。

它，是我心靈的甘泉，有幸，我能一早啜飲它。

全校兩千名學生，不見得每一個孩子都有慈祥和藹的老奶奶，想想，有老奶奶的孩子何其幸福。

溫馨和煦的畫面，也許在校園中處處存在，時時都會發生；就如同春天來臨的時候，你走過一片深闊的草原，到處可聞小草芽兒迸出地表的聲音。

論年齡，我還搆不上「老」字，可是，偶而，也許經常吧，總有一份心思，一份渴盼，祈願天地神明早早賜我老者的慈祥，讓我當兩千名孩子的爺爺。

心中有這份想望，於是，在孩子面前，我成就了和顏悅色。

每次在校園中巡視的時候，聽著孩子們此起彼落「校長好！」的問候聲，心裡就洋溢著一股不可言喻的欣悅和滿足，就像那老奶奶一樣，我也有著老爺爺的心思哪！

有一次，信步走至三年七班教室前面時，發現一個小男生站在教室後門邊邊，我很自然的停下步來，想要瞭解一些事。

「你怎麼站在這裡？」我拍拍他的肩膀，輕聲的問他。

小男生起先不答腔，頭低低的。

「不要怕，告訴校長，慢慢說，是被罰站的嗎？」我蹲下身來跟他說話。

小男生點點頭。

「為什麼被罰站？」

小男生看我一眼，有點畏怯的回答：「因為我把牆壁弄髒了。」

「哦！」我還是保持著一副老爺爺慈祥的笑容。我知道把新刷漆的牆壁弄髒決不是一件好事，老師叫小男生罰站也不是過份的事，不過，這時候的我卻急著試圖找個理由替小男生脫罪解困。

當然，我是很容易就辦到了。後來，我發現，這份小小的關懷對那個小男孩竟然十分受用，在校園裡或在校外，任河地方遇上我，他都會恭恭敬敬的向我敬個禮，道聲：「校長好！」

一聲「校長好！」未必會讓我覺得更有尊嚴，但卻會讓我有無比的滿足，就像那個老奶奶一樣，小孫女的一句：「我會乖乖！」就讓她眉開眼笑了。

通常，在兒童朝會升完旗以後，我會利用導護老師報告的時間，到各班行間巡視，要孩子們把鈕扣扣好，把外衣的拉鍊拉上，把帽子戴好，把鞋帶繫好。頭髮太長的，我會要他們理短，而且約定一個時間，自動到校長室來給我檢查。孩子們都很守信用，約定的時間都不會忘記，沒有按約定理短的孩子，也會來辦公室向我說明原因。

小小的關懷，串連起來，就是一種愛。

有愛，小小的心靈，就看得見陽光。

人間有愛。我相信每一位老師胸懷中都蘊藏著厚重的愛，只要一點一滴的散發出來，都會讓孩子們沐浴在和煦溫暖的陽光之下。

小小的關懷中，都是愛。

（發表於桃縣文教雜誌）

校長也可以很快樂

時代的變遷，人權的抬頭，都是必然的趨勢，沒有任何人可以抗拒；所以，擔任一校之長，必須深刻體察這種大環境的轉變，從而調整自己的觀念步伐，時時以「平常心」看待周遭的一切人、事、物……

有次在餐會上，一位商界的朋友問我說：「聽說現在的校長都很不好幹，是不是這樣？」

我沒有馬上回答，因為這個問題，好像一根小小的電擊棒似的，深深的觸挫了我一下，使得我腦、臉的神經忍不住抽動一陣。稍稍平復之後，我才裝出滿面的笑容，回答他說：「是或不是都是答案。你為什麼問這個問題？」

他用手摸摸嘴臉，似笑非笑的說：「因為我有幾位相識的校長朋友，每一位都曾跟我抱怨，說什麼現在的學生太皮啦！家長不講理啦！學校經費少，老師意見多，還有家長會和民意代表要干預學校人事啦……等等一大堆牢騷，你是不是也有同感？」

我想了一想，用輕描淡寫的語氣回答他說：「我不想正面回答你是或不是。校長朋友們的牢騷不是沒道理，但是如果從不同的角度來看這些問題，也許會有不一樣的心情，我的意思是說，這當中的有些問題其實可以不成為問題。」

他很專注的看著我，認真的發問：

「你的意思是告訴我：你校長幹得很快樂？」

「可以這麼說吧！」我笑笑。

後續的談話沒有持續太久，因為我不希望一桌人都擠入討論這個話題。

事實上，校長朋友們在一塊兒閒聊的時候，都免不了會談一些辦學經驗心得。當然，也免不了有一肚子的苦水，前述這位友人提到的牢騷，其實也或多或少存在。只是，在面對問題的態度上，大家的心情和處理方式不同，所以表達出來的觀點往往南轅北轍。

舉個最實際的例子來說——學校經費問題。學校要建設，要辦活動，都必須用錢。有的學校不斷的有工程發包，有的學校卻要不到錢。問題出在哪裡？大家心知肚明，不必說穿，在這種情況下，要不到錢的校長可能滿腹牢騷，怪怨上級單位的大小眼，怨嘆自己的人脈關係不夠力；但是，也可能有的校長會想得很「通」：上級給多少錢，我做多少事，犯不著為了幾個錢，成天忙著去跟民代、上級搞交情、攀關係。值得注意的是，類似這樣想得通的校長已經愈來愈多。「學校又不是祖公業，帶也帶不走，何必那麼拚？」這樣的想法已經在校長諸公的言談間逐漸流行。

其實，當校長的要更能這樣去思考，倒也能心安理得而不致於患得患失，為「錢」事而悶悶不樂了。

從這樣一個認知觀點上去考量學校其他問題，譬如領導統御的問題、學生訓輔問題、社區互動問題、偶發事件處理問題……等等。校長們大概也都能「觸類旁通」，作「另類的思考」。

不可否認的，由於社會結構型態的急遽變遷，導致價值觀念的急速改變。校長在社會的角色定位也大異於前。同樣幹校長，三十年前和現在，想必迥然不同。三十年前，校長講的話就是命令，鮮有老師敢違抗，而現在呢？校長講話之前必須思量再三，稍一不慎說錯話，難保沒有老師跟你「撐」到底。所以，年資深的校長難免感慨萬千，有的校長會提早退休，不是沒有原因的。

然而，時代的變遷，人權的抬頭，都是必然的趨勢，沒有任何人可以抗拒。所以，擔任一校之長，必須深刻體察這種大環境的轉變，從而調整自己的觀念步伐，時時以「平常心」看待周遭的一切人、事、物。

所謂「心隨境轉則煩，境隨心運則悅」。「章魚和珊瑚礁」的故事，想必大家耳熟能詳，如果我們是聰明的章魚，就只管在海底悠哉悠哉的潛游，而不必去碰觸奇形怪狀的珊瑚礁，最後落得作繭自縛，脫身不得，自尋煩惱。

記得一位哲人說過：「追求快樂是一個人生活的最高目標。」仔細想想，你會覺得這句話非常真實。難道不是嗎？今天每一個人為工作操勞，為事業忙碌，為家庭付出，為前途打拚，最終的目的不都是為了獲得物質及心靈的滿足嗎？滿足就是快樂的前提，一個人在物質和精神上得到滿足，他的人生必然是快樂的。

「話當年」的父親，常常被孩子揶揄是「講神話」。觀念停滯在七〇年代，常常「想當年我當校長的時候如何如何」的校長，同樣也會被現代的老師譏評為「老骨董」。

一旦被視作食古不化的「老古董」，溝通的管道無形中就多了一層障礙，人際關係的處理無形中也多了一道圍牆。

如果在工作上要得到快樂，就要避免別人拿「老骨董」的異樣的眼光看待自己。在某些時候，如果一個人能夠放下身段，敞開心胸去面對難題，很可能會收到意想不到的效果。

在閒聊之中，我常聽到校長朋友提及的牢騷，大多屬於人際互動的尷尬問題，我們常感嘆，這年頭「帶人」比「做事」難。人帶不起來，校務自然無法順利推動，兩者惡性循環的結果，當然會讓校長覺得「幹這個校長實在很不快樂」！

領導統御的理論，每一位校長都耳熟能詳，但真正應用在工作上，有些理論又未必行得通。不同的人，不同的環境，不同的主客觀條件，於是，「權變領導」的領導模式變成真理。事實上，很多校長們在奉行這項「真理」之後，仍然處處碰壁，甚至滿頭包，也因此，很多校長要快快不樂了。

其實，所有的領導理論都不若一個「誠」字重要。老師不是三歲孩童。校長說的每一句話，做的每一件事，到底有沒有「誠」意，他們心裡有數。

有無誠意，關乎人品。虛偽之人，無以立誠；狂傲之人，無以為誠；懦弱之人，無以現誠。心懷誠意，即使你說錯話，做錯事，老師們都可以寬諒。

每天心懷誠意，面對全校師生，把要努力去做的事用很誠懇的話語傳輸給他們，你會情不自禁的發現；其實校長也可以很快樂！

（發表於厚德月刊）

遊山玩水去上班

開四十分鐘的汽車，坐八分鐘的船，走十分鐘的路，騎十分鐘的機車。一個小時多的路程，用上了四種不同的交通工具（包含兩條腿在內），我想，再也找不到第二個人，上下班的生活像我如此「多采多姿」了吧？

六十八年八月奉派接掌桃園縣復興鄉奎輝國小。學校是屬於偏遠山地小學。位在石門水庫上游左岸，也就是在馳名北部的露營烤肉勝地阿姆坪的斜對面。阿姆坪屬大溪鎮，僅一水之隔，學校附近卻屬於山地管制區，要到學校，必須先到大溪警察分局或關西警察分駐所辦理入山證。

我家住楊梅，由家裏到學校，有三條路可行。一是經大溪、復興、羅浮到奎輝；二是經關西、錦山到奎輝；第三條是經龍潭、石門水庫到阿姆坪，轉搭遊艇到對岸長興村，然後走一段落，再乘汽車或騎車到學校。前兩條路是陸路，第三條路是水陸並進，在時間上也比較經濟。所以，我上下班選擇了第三條路線。

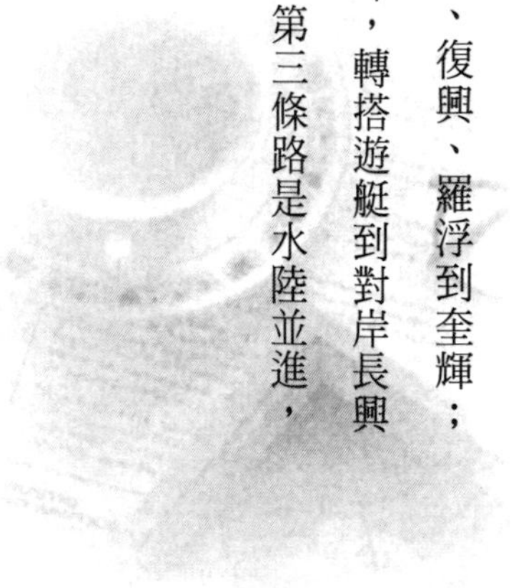

阿姆坪是一處遊覽勝地，在石門水庫上游，由石門水庫大壩搭遊艇溯水而上，到阿姆坪大約是四十五分鐘，沿途可以飽覽湖光山色，風景秀麗，無與倫比。

阿姆坪的湖面寬闊，波光瀲灩。泛舟湖上，其樂無窮。尤其對岸的松樹林，蒼松翠柏，整齊美觀，星期假日，往往吸引了成千成百的青年男女到這兒露營、烤肉、垂釣。落成不久的阿姆坪樂園，有佔地寬敞的露營區、烤肉區，還有餐飲部、別墅套房出租、遊艇汽艇出租，雖然石門大壩到阿姆坪有十公里的路程，但是到石門水庫遊覽的人，總不忘到阿姆坪一遊。

阿姆坪碼頭，經常聚集著十幾艘遊艇，除了隨時出租給遊客之外，還有固定的班次，往返附近的長興、奎輝、松樹林、高遶坪、新柑坪以及復興吊橋，給居民不少方便。

為了趕學校的朝會時間，我必須搭七點正阿姆坪開往長興的第一班船。所以，我每天必須五點半鐘起床，在六點二十分以前開車出發往阿姆坪。

從家裏出發到阿姆坪，也有三條路線。

我選擇的是距離最近、路況最好、風景最美的一條路線。

一個人開車，雖然無拘無束，不過總有一種孤單、寂寞的感覺，還好，過了一段時間以後，就慢慢習慣了。

由楊梅經銅鑼圈到龍源，是一段崎嶇的柏油路，進人石門管理局收費站之後，路就平坦寬敞多了。由收費站到大壩，車程只要一分鐘，兩旁楓樹林立，還有幾座亭臺樓閣。大清早，不見遊人蹤影，卻時常可見幾隻竹雉、斑鳩在路中散步，狀至優閒，驅車經過，往往不忍擾其清靜，停車想和牠們招呼，牠們卻很快竄入路旁草叢，往往使我悵然若失。

途經石門大壩，偶爾時間允許，就會停車。小憩個三兩分鐘。往西南方眺望，龍潭城鎮隱約可見，大漢溪向著不知名的遠方流去，綠野無垠的延伸，與蒼茫的天際連在一起，點點炊煙，裊裊上昇。工廠又開始了一天的生產，鄉居的人們又開始了一天的工作。身後就是波平如鏡的湖面，靜默的山，靜默的樹林，連接金島和仙島的吊橋也一樣的靜默，周圍，好靜好靜，我就喜歡這份靜、這份清新。

過了大壩，沿著環湖公路直驅阿姆坪，十公里的路程，總要花費十五分鐘吧！環湖公路依山傍水，蜿蜒曲折，但鋪設了高級柏油路面，車行其上，感覺非常舒服。沿途有幾處亭臺，如果駐足流連，這一段路一個上午也走不完呢！

阿姆坪往長興的船，第一班是七點開。

船班是照輪的，每天開這班船的「船長」都是不一樣的面孔。不過，有一個共同的特點：在他們的臉上，都寫著勤樸、忠厚、篤實的字眼，沒有虛偽，不會勢利。

從阿姆坪到長興，大約一千五百公尺，行船時間大約八分鐘。上船以後，似乎還沒坐穩，已經到了對岸碼頭。

一趟船資是十元，我覺得一點也不貴，通常我都是付兩趟的錢。因為下午還要搭他們的船過來。

這短短不到十分鐘的時間，往往給我很多的收穫。從跟「船長」和同船乘客的閒談中，我知道了許多船家生活的故事；也了解了這座石門水庫最大淹沒區的滄桑往事，更孕育了很多寫作的題材。有時候，我望著碧綠的湖面，不去想甚麼，儘量讓腦筋空白，這也是一種享受。天氣晴朗的時候，我喜歡站在船頭或船尾的甲板上，任由清風吹拂，拂去無謂的煩慮。

從長興碼頭到羅馬公路，有一段十分鐘腳程的坡路，一邊是竹林，一邊是小溪。

這條路平時很少人走。長興附近的居民到阿姆坪，都經由另一條水泥路到松樹林搭船。那條路坡度較陡，沿路不是稻田，就是光禿禿的相思林（被砍伐過之後只剩樹根），無處遮蔭，上了公路，往往汗流浹背。一年多來，我只走過兩次。

習慣了走這條路，十分鐘好像也只是一轉眼的時間。夏天，一路蔭涼，林間群鳥聚居，啁啾之聲，此起彼落，溪水沿山澗流著，若隱若現，終年不斷；溪旁的野薑花，白得有點憔悴，惹人愛憐，感覺它好美好美，卻又捨不得摘下。有人同行時，總是只管趕路；當自己一個人踽踽獨行時，往往會想到很多微妙的事。

上了羅馬公路，就是長興村。

我的機車，就寄放在公路邊一位范姓人家的農舍內。這輛機車，是以四千元的代價向車行買的，這一年多來除了兩次破胎以外，倒沒出過甚麼毛病。好笑的是，騎了一年多，才換過一次機油，同事們都打趣說，它比「鐵牛車」還要「牛」。

從長興騎車到學校，約十分鐘路程。不過，都是碎石路面，必須小心駕駛，才不致發生意外。到今天，我已經有過兩次雨天摔跤的記錄，還好，都是有驚無險。

朋友常打趣說：「你就差了一架直升機，不然你就是陸、海、空三棲校長了。」

也有很多朋友勸我住校，不必每天來回跑，耗費時間、精神和金錢。甚至連內子都這麼說。

當然，住校有住校的好處。但是通勤也有通勤的益處。最顯著的是，這一年多來，因為每天早起、走路的關係，身體比以前更為壯碩，精神也比以往充沛，做起事來，似乎更能得心應手。

其實遊山玩水的上下班日子，我早已習慣了，倒是連連漲價的汽油費支出，免不了有時會叫我皺眉頭。

（發表於國語日報）

人間樂聲處處聞

傳說中，三百多年前，在英格蘭的一個小鎮上，住了一位樂者。這位樂者是何方神聖，沒有記錄可查。每當小鎮上任何一個角落有鎮民發生衝突事件時，這位樂者就會適時的出現，他吹奏一種形狀很奇特、聲音很古怪的樂器，不消幾分鐘，就吸引了一大批的民眾圍觀，發生衝突正在打架或口角的當事人，也很快的停止了爭吵，加入圍觀的行列。而人們可以清晰的聽見樂者以嘹亮的英格蘭聲音唱著：

「上帝的子民啊！不要用你的手去攻擊別人，不要用你的聲音去污衊別人，聽我唱的歌，用你的真誠去愛鄰人，用你的真誠去愛鄰人。」

很多大人和小孩，對這位樂者感到十分的好奇。請他吃飯、喝酒；請他教授吹奏那奇怪的樂器；請他教唱那悅耳且充滿宗教意味的歌謠。不久之後，這個小鎮到處可以聽見歌聲樂音，處處洋溢著一片祥和溫馨，人們衝突爭吵的事件再也很少發生了。

音樂不僅可以陶冶人性、淨化心靈、美化社會，進而可以化戾氣為祥和，改善社會風氣。

有句廣告詞說：「學音樂的孩子永遠不會變壞。」這話我相信，不過沒有人敢開保單。

在藝術的範疇裡，文學、繪畫、舞蹈、雕塑、戲劇，各自擁有它的一片天地，一個普通人要想在這片天地裡闖出名號，必須具備相關的各種條件。唯獨音樂，人人皆可擁有自己的一片天地，嬰兒嚎啕大哭可以為音樂；少女嚶嚶啜泣可以為音樂；老人喃喃自語可以為音樂。推而廣之，鳥叫蟲鳴可以為音樂；雞啼犬吠可以為音樂；甚至自然界的狂風暴雨亦為音樂。人世間和自然界樂音隨處可聞，原始的自然界本來就是一塊芬芳祥和的人間淨土。

八月二十四日晚上，桃園縣政府在縣立文化中心演藝廳舉辦「縣府音樂會」，應邀觀賞的來賓包括各級民意代表、地方首長、全縣村里長及中小學校長，雖然六百多人的座位只坐滿了一半，但第一次舉辦能有這樣多的音樂觀眾，已經差強人意了。

桃園縣府之所以會舉辦這一場音樂會，緣起於今年六月六日，李總統登輝先生在總統府介壽館舉辦了一場音樂會，邀請省市、縣市政府首長、議長及主管教育文化人士參與，期能帶動國人對生活品質的重視，提昇國人的音樂素質，經由立樂的薰陶，使我們的社會更祥和，生活更為充實。

桃園縣長劉邦友在應邀聆賞了介壽館音樂會之後，有相當深刻的感觸。他認為：文化活動的推展，不能侷限於文化中心或藝術館，更要響應李總統的號召，使音樂落實民間，普及基層，深入於每一個人的心靈中。使音樂活動成為每個人日常生活一部分。

桃園縣民大都瞭解：劉縣長做事一向積極而有魄力，當他確認音樂有「淨化人心、教化社會」的功能之後，立刻在縣務會報中，指示各鄉鎮市長從今年七月份起必須每月舉辦一場音樂會，以落實音樂藝術下鄉活動，響應李總統的號召，如果各鄉市經費短絀，縣政府可以酌情補助。劉縣長這種「劍及履及」的務實作風，贏得了桃園縣音樂界人士及愛好音樂的民眾一致的讚佩。

當然，要舉辦一場叫好又叫座的音樂會，不是一件容易的事，尤其在「音樂文化」比較貧瘠的桃縣各鄉鎮市，由於主辦業務的人普通缺乏音樂素養，想要執行縣長的指令，大多心餘力絀，縣長發現了癥結所在，立刻指示文化中心積極策畫一場由縣府主辦的音樂會，所以，八月二十四晚的「縣府音樂會」可以說是一場道道地地的「示範」音樂會。

為了使「縣府音樂會」演出成功，不僅節目經過文化中心精心安排策劃，而且會前透過媒體廣為宣傳，也發出一千多張請柬，但是，從當晚到場聆賞的觀眾數字來看，顯然距離劉縣長的期望尚有一段差距。

很多人會產生一個疑問：如果縣府當天舉辦的是一場熱門歌曲演唱會，保證觀眾爆滿，為什麼一場高水準的音樂會，觀眾卻稀稀落落？

其實，這只是一個「音樂人口結構」與「音樂屬性」的問題，絲毫不足為奇。

所以，我一直認為：以觀眾的多寡來評估一場音樂會的成就，是多元價值觀的混淆，不足為道。基本上，從觀眾的收穫和反應上來評估，「縣府音樂會」是成功的，劉縣長的想法和做法應該受到肯定。

桃園縣立文化中心主任李清崧告訴我：「從接到劉縣長指示到縣府音樂會演出，前後只有一個多月時間。」在這麼倉促的時間裡，能夠延攬到一批桃園籍的音樂名家，策劃出這麼精緻的節目，李主任和有關人員功不可沒。

個人覺得：「縣府音樂會」有下列幾點值得一提：

其一是節目的內容精緻，有莊美麗、傅昜瑩的女高音演唱、黃瀚民的提琴演奏、賴碧霞的客家民謠演唱以及劉偉仁和新少年俱樂部三位年輕歌手的流行歌曲演唱。內容可以說是雅俗共賞，兼具地方色彩和時代意義。

其二是擔任節目演出者除賴碧霞以外，包括主持人李秀媛在內，都是桃園縣籍人士。這些學有專精的人才，能夠齊聚一堂，回饋鄉里，足見主辦單位的用心良苦。

其三是觀眾的水準還算不錯，雖然三百多位觀眾來自各行各業，但在整個節目進行過程中，都能遵照文化中心的規定，也沒見到小孩子進場，秩序管理維護上可圈可點，唯一的遺憾是大部份觀眾比較保守，掌聲不夠熱烈；尤其劉偉仁最後演唱「如果還有明天」時，觀眾應和的程度令人尷尬。（也許，這首曲子觀眾不見得會唱吧！）

其四是中場休息二十分鐘時間，縣府特別在文化中心大廳準備了豐盛的點心飲料，招待全體觀眾，對有些為了趕時間進場而來不及用晚餐的觀眾而言，這點覺得格外「窩心」。（我就是其中之一）

當晚有不少佳賓參與盛會，總統府第三局副局長蔣冠峰是其中之一，他代表總統府秘書長蔣彥士前來，在簡短致詞中盛讚劉縣長積極明快的辦事作風，桃園縣府拔得頭籌，第一個舉辦示範音樂會，意義深遠，其他縣市必起而效之。

整體而言，「縣府音樂會」的舉辦，有其正面的意義，其成效不容置疑。劉縣長、李主任以及全體主事人員都應受到一百四十萬縣民的喝采。

「音樂下鄉」是李總統的期望，也是建設「富而好禮」的新社會很重要的一項措施。稍有知識的人都不應該懷疑樂教有「淨化人心、教化社會」的功能。有些先進國家譏諷我們台灣人是「經濟的動物」，擁有將近美金九百億，世界排名居冠的外匯存底，卻扮演「文化乞丐」的角色。對於這種幾近「惡毒」的批評，我們應該認為是奇恥大辱，而不應該反唇相譏說人家是「酸葡萄心理」。

本來，「文化」一辭，用最簡單的話來解釋，就是「生活經驗的累積」，我們有五千年的歷史文化，如今卻落得個「文化沙漠」的王國之譏，這一代的中國人實在有必要閉門自省，力圖振作。

「音樂下鄉」是建設文化社會的措施之一。如今，由於李總統的登高一呼，相信全台灣地區都會熱烈響應。所謂「風俗之厚薄悉自乎？自乎一二人之心所嚮而已。」以桃園縣來說，劉縣長重視它，各鄉鎮市長和主辦教育文化業務者就自然不敢虛與尾蛇，必然會多動點腦筋，多花點心思去把這件工作做好。我們希望主政者切勿把這事視為「例行業務」而應該當作「重要職守」，有計畫，有步驟的努力做下去。

（發表於厚德月刊）

文戲人間　208

退休老師多珍重

一位退休老師，他把漫長的黃金歲月、青春奉獻給教育，給主掌國家未來的下一代，是多麼值得人敬愛！

每年蟬聲競鳴的時候，送走一群畢業生，心中總有一份難捨，我深知，那是情，那是愛，情愛總叫人難以割捨，但是，那是每一所學校的例行儀式，所以，眨眨眼，可以想開，可以看透……。

然而，不定期的，學校裡的一位同事要永遠告別他多年廝守相依的教育崗位，我心中卻會萌生一份深切的難捨。我知道，這是情，也是愛，別人固然不易理解，我自己有時也感到困惑，彷彿身邊突然失落了什麼，或者生活中突然短缺了什麼，雖然，明知道這只是教育人事管道上新陳代謝的正常現象，但總覺得內心深處有幾分悵然。

八十七年九月十三日，在楊梅國小禮堂，我為三位退休老師舉行歡送會，共有來賓、老師和學生代表約一千人參加，場面熱鬧而盛大，讓與會外賓留下深刻、美好的印象。

這三位退休的老師，都尚未屆滿退休的年齡，他們分別是總務主任廖英進、周雪梅老師和何祺麟老師。廖主任和周老師服務了四十一年，何老師服務了三十五年，他們之所以提前退休，都有絕對充分的理由，我知道勸不動，所以爽快的批准他們的申請。

在歡送會中，學校、家長會、過去他們教過的學生和現在教的學生，分別致贈了他們匾額、銀盾、項鍊、戒指、紀念品以及各式各樣的禮物，在悠揚的樂聲中，他們領受了人間至高無上的溫情，他們贏得了學生無與倫比的熱愛，我深信，這份情，這份愛，會永遠在他們心靈深處燃燒，也永遠會在他們記憶深處鮮活。

當他們三位在致辭的時候，有人眼眶紅了，有人聲音哽咽，有人在接話中停頓良久，我腦海中驀然閃過一個問號：是不是有人後悔選擇了今天？我相信，一定有的，他們當中一定有人曾經偷偷後悔過，只是，誰敢啟齒作告白？畢竟，有所矜持總是人活著必須堅守的原則呀！

八十五年二月一日起接掌楊梅園小校務以來，我已經第三次為退休的老師舉辦歡送會。

第一次在八十五年九月十四日，陳鳳嬌老師屆齡退休，她許許多多的得意門生都應邀前來參加盛會，師生致贈的禮物，足夠裝滿一車子。當時，陳老師坐在舞台上，眼中盈滿淚水的樣子，我現在仍清楚的記得。

第二次在八十六年元月二十七日，葉倫豪老師提前退休（目前是龍潭店子湖「龍泉山莊」的莊主），他的得意門生也來了很多，現任中壢高商校長吳正牧、大園鄉長劉春生都分別致贈貴重而有紀念價值的禮物，葉老師致辭時話說得很多，可見他內心的難捨難離。

七十九年到八十五年初，我在大溪鎮員樹林國小服務期間，也曾經分別為了江支亭主任、陳連池老師、王禎三老師和蔡友道老師舉辦過退休歡送會，每一場歡送會，都展現了同仁師生溫馨的情誼。

在這之前，有一場歡送會，可以說是破天荒的，值得一提。

七十五年到七十九年，我在龍潭鄉高原國小服務。總務主任宋立寶因罹患青光眼，開刀後未能痊癒，轉而變成弱視，每日上下班必須兒子接送，耗時費事，不得不申請提早退休。他在高原國小服務了三十九年，勞苦功高，所以，我決定擴大為他舉辦歡送會。

宋主任是七十八年八月一日退休的，那一年，高原國小因為接連榮獲全縣綠化美化比賽第一名和生活教育評鑑部長獎，我又推出全縣首倡的「校園美展」，因而榮獲「師鐸獎」唯一受獎的學校，新聞媒體競相採訪報導，因而引起台視注意。七十八年六月，台視透過教育局，徵求學校同意製作了一齣單元劇：「老師，您不要走！」一劇情主要是描述宋主任在學校服務的點點滴滴，以一個學生的日記為主軸，闡釋師生之愛。劇中人物均以高原國小師生為主角（我的鏡頭不多，但也算主角），這部六十分鐘的單元劇，七十八年九月二十八日下午在台視頻道播映，一時成為高原社區茶餘飯後的話題，可以說是轟動一時，也算是送給宋主任退休的一份珍貴賀禮。

宋主任的退休歡送會什麼時候舉辦的，我現在一時記不起來，但是，我為了使歡送會隆重盛大，特地邀請了地方首長，民意代表以及教育界的好朋友共同參與，風風光光的把他送離學校，至今，他仍然念念不忘。

也許，有人會問：學校裡，尤其在大規模的學校裡，人事上的新陳代謝頻繁，退休老師多，每一位退休的老師，校長都要為他舉辦歡送會，難道不嫌煩？

是的，辦歡送會不是嘴上說的，必須動手去做，要策劃、要張羅，花精神、耗時間，不辦當然省事省力。

但是，回過頭來想想：

一位老師退休，在現行法令規定中，至少他已經在教育界服務了二十五年以上。這漫長的一段歲月，幾乎是人生中的黃金年華，他把青春奉獻給了教育界，給了主掌國家未來的下一代，難道他不值得敬愛嗎？身為一所學校的校長，為這些長年奉獻情愛的老師盡一點棉薄的心力，難道不是應該的嗎？

我的答案是絕對應該的，而你呢？

如果你認為我是多此一舉，很顯然的，你並不是有情有愛的「教育人」。

或許，請退休的老師吃一頓飯也是表達情愛的方式，但是，我堅持認為那不夠真誠，不夠貼心。

多少年來，「尊師重道」的呼聲震天價響，但無可諱言的卻見師道逐漸式微，孰令如此？首先該閉門檢討的無疑是我們教育界，所謂「自尊而後人尊，自重而後人重。」如果我們都不先尊重自己，在人前又怎麼能挺起腰桿子呢？

我一直倡導「尊師重道從自己做起」，鄭重其事的為退休老師舉辦歡送會，正是校長尊師重道的具體表現。

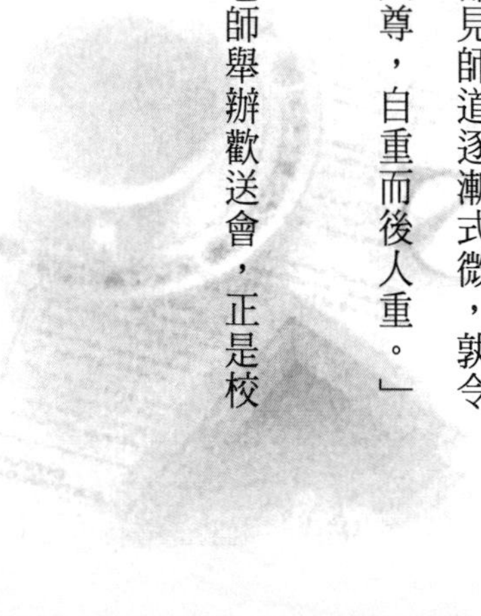

容我在此懇摯的說：「退休老師，請多珍重！」

（發表於國語日報）

鄉居樂

從小生活在鄉村，那時候，說不上喜不喜歡鄉村生活。

師範學校畢業後，奉派到苗栗縣卓蘭鎮景山國小服務。學校位於半山腰，四周層巒疊翠，滿眼蒼綠，景緻極為優美。課餘閒暇，常到附近山林走走，偶而也到溪邊捉魚撈蝦，日子過得十分愜意。

在景山服務了三年，也結了婚，生了孩子，因為交通不便，而自己也即將入伍服役，所以五十五年八月便申請調到桃園縣服務，至今一晃已經過了三十幾年。

搬到桃園以後，一直都住在街上。我不否認，住街上有很多方便，但也有一些缺點。譬如：人車吵雜、空氣汙濁、人際疏離……等等，尤其，打開門窗，觸目所及，盡是奇形怪狀的建築物，看不見青山綠地，聽不見鳥語蟲鳴，這跟鄉村比起來真是天壤之別。

因此，對鄉村生活的懷念之情，也就日復一日的濃郁起來。

然而，由於工作的關係，回去鄉下老家的機會不多，只有讓這股懷戀之情沉澱在心底深處。

近年來，孩子長大都已成家立業，而自己也年事漸高，比較有時間來安排休閒生活。另一方面，繼父過世以後，鄉下老家只剩母親一人獨居，實在非常的孤單寂寞。所以，最近幾年，逢到星期假日，我都回鄉下老家陪伴母親，幫忙做點家事，也享受一下鄉村生活的寧靜安祥。

老家位於大湖郊區，離市中心大約兩公里，車程三分鐘，交通還算方便。一年前，老家旁邊新闢了條九公尺寬的馬路，由於土地是我們無償提供，所以政府也幫我們整地，現在，老家前面的禾埕，面積增大了很多，足夠停放十輛轎車，感覺上十分寬敞。

老家重新整地之後，我就利用假日返家的時間，進行庭院空地的綠化、美化工作，沿著駁崁，種了一排竹帛；穿插一些檳榔樹；利用空地栽植一些應時性的草花，像日日春、太陽花、非洲小鳳仙……等等。經過整理之後，整個環境煥然一新，欣欣向榮，自己也有一份成就感和滿足感。

鄉村空氣好。早晨起來，走出屋外，呼吸著新鮮的空氣，令人神清氣爽。遠山朦朧，似乎尚未完全清醒，別有一番韻味。此起彼落的鳥叫聲，彷彿一首不知名的曲子，快樂的迎接一天的到來。

老家附近沒有工廠，住家也少，除了路過的車輛外，白天非常安靜，有點世外桃源的況味。如果心血來潮，可以帶著狗兒到山林間冶遊，順便狩獵，因為附近的竹林裡還時常出現臭狐狸、白鼻心之類的動物呢！老家附近也還有祖先留下來的幾分田地，有興致的話，也可以提把釗頭或鐵鏟，挖一挖，使使力，活動筋骨，鍛鍊體能。或者，甘脆什麼都不做，泡杯好茶，搬張椅子，坐在樹蔭下胡思亂想，甚至讓腦袋瓜兒空空如也，什麼事都不想，那也是一種十分愜意的享受！

天氣不冷的時候，吃過晚餐，可以坐在禾埕休息，一邊喝茶，一邊跟家人聊天，如果是有星月的夜晚，那景色就更是美不勝收。

入夜以後，鄉間更為寧靜。除了偶而聽到狗吠聲、夜鳥的啼叫聲和蟲鳴聲之外，一片寂靜。這時候，用心的讀一首詩、唸一篇文章，聆賞一曲樂章，一定都會特別的有韻味。

鄉村的人情味濃，這是眾所周知的事實。路頭路尾，熟人相遇必定互相親切問候，有外地人問路，必定詳細指引。遇到婚喪喜慶，鄰居都會出面幫忙。另外，鄉下治安風氣良好，守望相助的精神也比較能夠發揮，所以偷盜事件較少。

對我來說，鄉居還有一項最深刻的感受，那就是工作的壓力可以得到紓解釋放。我擔任一校之長，肩負學校經營成敗之責，而校務千頭萬緒，想要妥善穩當的應對，必須花一番心思，換句話說，這個職務帶來的壓力是相當沉重的。說也奇怪，每次假日回到老家，無形中，壓力就減輕消逝了不少，或許是遠離了工作單位，也等於是遠離了壓力源；或許是鄉下的清淨純樸，自然而然的改變了一個人思維的方式。

最重要的，老家是我成長的地方，我熱愛這塊土地，我珍惜刻印在這塊土地上的一些回憶，我常想：等我退休以後，我願意回到這塊土地上，再重新編織一些人生的願景。

（發表於桃縣文教雜誌）

近視苦惱多

早晨七點三十分，我到達辦公室，習慣性的第一個動作是把近視眼鏡拿下來，卡在辦公桌右上角的一座壓克力文具盒上，除非辦公時間內要外出，不然就要等到下班時才會把它戴上。

老實說，我並不喜歡戴眼鏡，總覺得它是一種累贅，可以不戴我就盡量不戴。但因為近視有二百度，有時不戴還真的不行，譬如天候不良開車時，如果不戴上眼鏡，視線就無法保持清晰，甚至安全也會有所顧慮，即使天晴氣爽，能見度良好，開車時不戴上眼鏡，也多少會給心裡添幾分緊張。

記得有一次到一個朋友家作客，大夥兒喝酒、划拳、唱歌，十分盡興，待曲終人散時已近午夜時分，那時，外頭飄著細雨，朋友看我有幾分醉意，要我小心開車回家，我拍胸脯向他保證：一切ＯＫ，請他放心。上車之後，習慣性動作是把眼鏡戴上，但是那晚大概確實有幾分醉意，這個動作竟然省略了，行進不到一百公尺，雨勢突然加大，我啟動雨刷，刷了幾下，擋風玻璃益加模糊，才猛然想起忘了戴上眼鏡，想把它找出來戴上，找了半天卻未找到，我心生狐疑，把車停在路邊，開亮車內小燈，尋遍車裡每一個角落，掏遍身上每一個口袋，就是不見它的芳踪。我仔細思索，也沒有結果，最後只好下車打公用電話詢問朋友它的下落，朋友察看半天之後給我的答覆卻令我失望，看來，它是「離奇」失蹤了。

怎麼辦呢？回家路程要三十幾分鐘，又下著雨，視線不良，萬一……。心底發毛得慌，暗暗也打定主意：慢慢開，安全第一。就這樣，二十公里路開了將近一個小時，總算平安返抵家門，但是，免不了的緊張還是逼死了不少細胞。

像這樣眼鏡莫名其妙失蹤的紀錄，記憶中至少有三次，金錢損失固然心疼，而想不出它遺失的原因才更令人氣惱。好的眼鏡上萬，中等材質的也得花上四、五千，千把塊錢的是一般學生戴的。眼鏡的好、壞跟戴起來的感覺絕對成正比，大部份人第一次配眼鏡都不太講究材質，「老眼鏡槍」才會一次比一次捨得花錢配戴高級眼鏡。

從發現自己有近視到現在，已配過五副眼鏡，第一副只花了八百元，現在的這副則花了四千元。如果能好好保管，除非自己近視度數加深，要不然，一副眼鏡戴個三五年是絕不成問題的，從這個角度來盤算，配副材質好一點的眼鏡，讓自己戴起來的感覺更舒服，似乎更符合「經濟、實用」的原則。

已經戴了二十年眼鏡，如今仍覺得它架在鼻樑上是一種累贅，這可能跟我的個性和習慣有著密切關係。我比較粗線條，處事大而化之，喜歡把複雜的事情簡單化，我穿著力求簡樸、舒適，不愛穿西裝、打領帶，口袋中除了手巾、衛生紙、香煙、打火機、鈔票之外，少有其它物品，下了班回到家，手錶立即脫下，所以，我總感覺眼鏡乃「身外之物」，能不戴則不戴，至於有人說：戴眼鏡可以使人看起來更穩健，更成熟或顯得更有智慧，殺了我也不敢苟同。

我開車時要戴眼鏡，打網球時也必須戴，這個苦惱就更甚於其它。打網球必須前後左右奔跑，動作剛猛，力道強勁，稍一不慎，眼鏡就會掉落地上。遇上大熱天，打幾分鐘就汗如雨下，鏡片一片模糊，打幾個球必得摘下眼鏡擦拭一番；碰上毛毛雨，連球都全看不準，擊球點更無法掌握，說有多惱人就有多惱人。

近視、老花、散光都是不得不戴眼鏡的理由。我相信也有不少人跟我一樣對眼鏡缺乏好感，尤其是一些年輕貌美的小姐女士，變成「四眼田雞」總比露出一雙美目略遜一籌，因此，隱形眼鏡大發利市，百分之九十是做小姐女士的生意。可是，戴隱形眼鏡也有難言的苦處，其中之最大苦處恐怕就是：如何保持潔淨，以免眼睛受害最須費神。我認識一位女性朋友，習慣戴隱形眼鏡，有一天在廚房烹飪時，突然眼前一片模糊，繼之雙眼睜不開，匆匆趕往長庚就醫，診察結果，是受濾過性病毒感染，治療了一個星期，情況才生好轉，不過，經此突發事件之後，她的眼睛常感乾澀微疼，並容易疲倦，自此，她不敢再戴隱形眼鏡，美麗深邃的兩眼多了常年站崗的塑膠框。

從小，大家都耳熟能詳一句話：眼睛是靈魂之窗。記得童年有一段時期，夜晚得在瓦斯燈光下念書寫功課，可是視力卻始終維持正常，為什麼在「大放光明」的環境中生活的現代人，卻有如此高比率的近視患者？這是頗耐人尋味的問題。我認為最主要的原因不在於升學主義的壓力，而是孩子從小看電視、打電腦的時間太多，使視力受損。我想，研究視力保健的專家、學者不妨朝這方面多作深入的調查，一定會得到比較客觀而能令人信服的答案。

我現在很羨慕眼睛正常的人，如果有人要我許下一個小心願，我一定毫不遲疑的說：請讓我的視力恢復正常，讓我不必再與眼鏡為伍。可是，要達成這種心願的機會微乎其微，退而求其次，只要近視度數不再加深，於願足矣！

（發表於國語日報）

週日下午觸「霉」記

九月十六，日頭炎炎的週日正午，用過簡單的午餐，躺在客廳沙發上瀏覽報紙，在藝文版上看到羅浮宮名畫來台展出的報導，一時興起，午覺也不想睡了，立即驅車出發，直奔故宮。

從楊梅交流道上高速公路之後，車流出奇的順暢，三十分鐘後下了重慶北路交流道，時間是午後一時二十分。按照正常的車程，到故宮頂多十五分鐘，可是，我卻足足耗費了七十分鐘，因為短短的四公里路一路堵車，走走停停，甚至在一處路上，因為後車煞車不當，害得我心愛的BMW屁股挨了一記，幸好沒留下傷痕，不然為了誰對誰錯的爭論，可能要耗費更多的時間。

抵達故宮大門前時已經兩點三十幾分，一看大門左側至善園前橫排停放著五、六輛轎車，旁邊剛好還有個客位，內心竊喜，立刻以熟練的技術快速停好車，鎖好車門，瞥見站在十公尺外路口指揮交通的警員正朝這邊掃瞄，但他並沒吹哨子或作其它動作示意我不准停車。心想，今天真是鴻福齊天，能夠這麼順當的找到停車位，真該謝天謝地。

用「人山人海」形容當日下午故宮的人潮，可是一點兒不為過。我的目的是來看畫，所以下了車之後，我幾乎是用競走的速度直奔畫展會場，其間還不小心跟一位小姐擦撞，我一連聲的道歉之外，還挨了不屑的白眼幾個滴溜。

畫展是上午九時開幕，我到達會場時已快三點，定睛一瞧，進場處黑壓壓的一條長龍，動也不動，打聽之下，原來場內只容許停留六百人參觀，所以只得分批進場。回頭再瞧瞧，售票亭前也是等著購票的一條長龍，在艷陽下緩緩蠕動。可怕！可怕！這半生參觀過多少藝文展，從未見過這種浩大壯觀的場面。

粗估人潮，算算時間，如果今天購票進場，可能要挨到入夜之後，算了！反正展期到十二月底，改天再來也行，今天就看看別的展覽吧！

拿定主意了就到故宮逐樓參觀，雖然是走馬看花，但走一趟下來，也耗了將近兩個小時。走出故宮，沿著龍柏大道往下走，心是覺得滿充實的，名畫雖未得見，卻也不虛此行。

滿懷歡喜的回到停車的地方，卻不見愛車的蹤影，只見柏油地板上寫著歪七倒八的一行粉筆字：「FGXXXX拖吊通河街。」

車子被拖吊，只有自認倒霉。我想起剛才停車時那位執勤交通警員看我的眼神，心裡頓時升起一股被設計的不快，他大可告訴我此處不能停車。此種故意「入人於罪」的心態不知是何居心？

故宮到通河街有一段距離，我只得叫車過去，廣場上停著幾輛計程車，沒人要跑近程，有位「運匠」索價三百元。我認為是敲詐（只三公里車程吧）。於是，我站在路邊叫車，可是，站了二十分鐘，卻攔不到一輛車。無可奈何，只得回頭跟那位「運匠」殺價一番，最後以二百五十元協議上路。

拖吊費一千二百元，違規費六百元，一共花了一千八百元才領回了車，準備打道回府。想抄近路，偏偏路不熟，摸索了半天，好不容易開上中正路，又遇到大塞車，走走停停，跟來的時候完全一樣，心裡一肚子的惱火。

上高速公路時，腕錶已指著五點五十五分，經過這一下午的折騰，早已飢腸轆轆，渾身疲憊了。心想：這個週日下午真是有夠「倒霉」了，午覺不睡，網球不打，卻大老遠的跑到台北來受氣，晚上這一餐一定要好好吃它一頓，吃出「霉」氣來。

心裡盤算好，下了楊梅交流道就去附近新開張的一家「一九九圍爐」吃個過癮。跟中午北上時一樣，高速公路車流順暢，三十幾分鐘便回到了楊梅。

到了圍爐外的廣場，車輛爆滿，繞了兩圈，勉強覓得一處車位。走到門口，才發現長廊下擠滿了等候進場用餐的人，少說也有四、五十位，我內心又忍不住的吶喊：可怕！可怕！吃遍台灣南北，幾時見過這款景象？

吃圍爐，要等，等多久，沒人知道。旁邊就是麥當勞，可是我沒興趣。唉！算了！還是回去我家巷口斜對面吃碗牛肉麵吧！

九月十六，星期日。下午，諸事不順。回家之後特賦「詩」一首以自我解嘲：

路遠迢迢塞車惱，
羅浮名畫沒看到，
違規停車被拖吊，
炭烤圍爐不吃了。

（發表於國語日報）

紅色大鈔

平常出門習慣在褲袋裏塞個三五千元現鈔，以備不時之需，正確的數額多少，很少去算計它。那天在辦公室中閒著無聊，忽然不自覺的掏出鈔票來數，發現五張千元大鈔中有一張居然是紅色的，而且是刺眼的紅。

我得解釋一下，這張紅色大鈔的顏色並不像五百元大鈔的那種紅，而是類似紅墨水的那種近乎血色的殷紅，乍看之下，相當刺眼。整張票面共有不到五分之一的面積是原來的顏色，很難認定它不是人為的「整容」。

我一向對紅色敏感，也許紅色會帶給我過多恐怖的聯想。總而言之，我不喜歡紅色，尤其是刺眼的殷紅。所以，當我接觸到這張千元紅色大鈔的剎那，心中隱隱然湧起來一股憎厭的感覺，好似面對一種不祥之物，心頭有種異樣的迷思。

至於這張鈔票如何落到手中，何以久久未曾察覺，翻遍記憶也想不起來，當時心中只有一個念頭：我要盡快把這張紅色大鈔用掉才行。

家用錢不歸我掌管，我的零用錢最大的支出就是給汽車加油，加油一次可開上十天，發現紅色大鈔的前一天，我剛餵飽車子。另一項零花就是買香煙，偏巧人家送的三五牌還有一整條未開封。也許有人會說，有錢不花用，豈非天大笑話，但是，我個人用錢堅持一項原則：絕不買無用之物。家用物品不勞我操心，我身邊確實也「暫時」沒缺什麼。所以這張紅色大鈔一直靜靜的躺在我的褲袋裡。

整整三天，我不曾花費分文，大半時間我都忘了那張紅色大鈔的存在，只在偶然想到它時，忍不住掏出來看看。

今天早晨大約七點三十分，我在離辦公室約一百公尺的十字路口遇上紅燈，在停車等候的時間，我回頭探手到後坐去抓取一些文件準備帶到辦公室。突然聽見「碰」一聲，車身震動了一下，我一驚，才發現我的車已經吻上了前車的屁股。

前車的主人三十出頭，工人模樣打扮。看他的車牌號碼，應該是一九八五年份的。我們兩人不約而同的下了車，先是察看自己車子的傷勢（人不自私，天誅地滅？）我的車毫髮無損，不覺鬆了口氣。瞄了一眼前車的屁股，保險桿裂掉約三十公分長。

「是我不對，我沒注意車子向前滑動。」我裝出一臉和善的笑容。「非常抱歉！」

「抱歉有什麼用？我的保險桿破了。」對方沒好氣的回答。

「有沒有辦法補一補，我出錢。」我幾乎有點兒低聲下氣。

「塑膠的東西怎麼個補法？」冷冷的口氣。

「如果換新的話要多少錢？」我還是賠笑臉。

「最少也要一千。」

我當機立斷上話不說，掏出那張紅色大鈔，往他手中一塞。「我賠你一千，你去換新的，我們走吧！別在這兒妨礙交通。」

其實，我知道行情，那塊薄薄的黑色塑膠皮，頂多五六百元就買得到，但是，我一點兒都不心疼。

中古車玩家

年關將屆，各種汽車廣告充斥媒體版面，令人眼花撩亂。手頭充裕的人，可以逐家品頭論足，買到自己滿意的車；荷包較緊的人，可以有兩種選擇：一是先付一筆頭期款，把車開回家，餘款分期繳付；二是衡量自己的預算，到中古車市場找一輛合意的車。

買新車容易，買中古車難，因為中古車除了價位的空間彈性很大之外，還必須承受新車的風險。一輛中古車，即使你覺得價位合理，但它是不是贓車？是不是「借屍還魂」的拼裝車？是不是泡水車？是不是發生過重大事故？這種種問題，除了車行老闆給你的口頭或白紙黑字的保證外，就全憑你對車輛理解的程度了。所以，一般人大多願意分期付款買輛零風險的新車，也不願意去碰觸中古車。

這方面，我自承是個異類。開車二十幾年來，我換過十三輛不同廠牌的車，其中只有三輛是新車購入，其餘十輛都是在中古車行買的，如果你問我有沒有擔過風險？我可以很誠實的回答你：有的。

事實上，除非你對汽車的機械結構完全內行，否則買中古車怎能不擔風險呢？今日的汽車製造業技術日新月異，同樣的，汽車修理業技術也突飛猛進，一輛幾乎可以報廢的事故車，修理廠硬是可以讓它回復原貌，外行人根本看不出破綻，加上貪圖便宜（一般事故車的價位均低於正常行情）的心理作祟下，也許很快的拍板成交，但是，開一段時間，毛病就一個個出來了，回頭去找車行理論，沒人會理你，上法庭去告車行詐欺，你也拿不出確切具體的證據，最終還是自認倒楣。

即使算得上是中古車「玩家」的我，也曾經有過慘痛的上當經驗。那是在多年前，已經拿到駕照的老婆突然興起開車上班的念頭。在那以前，每回出門，都是我當司機，這回她要自己上路，我忍不住憂心她的技術，說好說歹，最後決定買輛中古車開一陣子，等她駕術嫻熟之後再另作打算。

結果，我們以四十三萬元買了一輛Z牌的中古車，一年半的車齡，全新烤漆，試開覺得情況不錯，兩小時內就成交。第二天，我開到Z牌的保養廠去換機油。打開引擎蓋，維修的師傅裡裡外外看了一遍，眉頭皺得老緊，我請教他怎麼回事？他起先吱吱唔唔，又問我一些買車的事情，最後他說：「這輛車撞過，而且傷得不輕。」這話讓我挺不是滋味，畢竟我也不是菜鳥呀！但是，他還是堅持他的判斷，我只好半信半疑，卻又不便告訴老婆。

果不其然，老婆開了半年，有一天在半路拋錨了，拖回保養場檢查，原來是排檔箱出了毛病，花了八千多元修好，過不了三個月，軸承又斷裂了，接著下來，水箱、剎車閥，陸續出了毛病，花錢不說，進廠維修耗費的時間、精力才更叫人心煩。原想早點把它用低價處理掉，但又不甘於修理花費的損失，所以還是開下去，直到一年前因為排檔箱必須更新，才忍痛把它賣掉。當然，價位奇慘無比。

事實上，買中古車多少要靠運氣。市面上的中古車也不是每一輛都有問題，尤其都會地區，經濟流通的速度快，車輛的交易也比較頻繁，像台北市民權東路、民族東路上，中古車行林立，各種高級進口車比目皆是，其中有很多車都是質押典當的所謂「流當車」，其來源、品質都沒問題，看上眼，馬上可以省下一筆可觀的折舊款。所謂「靠運氣」，是指在你的預算範圍內，順利買到合意而且一切「正常」的中古車，但這種機會也是可遇不可求的。

有過買中古車經驗的人都曉得：因為買中古車必須承擔風險，所以必然會特別謹慎。有時候，為了找一輛中古車，得走遍數十家車行，但也未必能找到合意的。有時候，一眼相中的車子，只要條件談得攏，一兩個小時內就可以成交，這方面，我倒有一籮筐的經驗，姑舉一例：

十年前，我打定主意要換一輛B廠牌的進口名車，天天注意報紙上的車輛分類廣告，有空就走訪附近縣市的中古車行，過了三個月，大事仍未底定。有一天出差經過一家不起眼的中古車行。發現門口擺了一輛B車，顏色、型號、排氣量、年份，都跟我的條件相符，唯一不符的是價位，買賣雙方的差價在十萬元，我放話給老闆，若他願意減十萬元，隨時可以成交，他回我一句：「如果可以，車早就賣了。」事隔一個月，他卻打電話來說決定賣了。儘管他口口聲聲說是賠錢賣，我卻寧可相信他是受不了囤車的利息負擔，奉勸想買中古車的朋友，你也可以比照我這種出價的方式，說不定可以節省一筆錢呢！

俗話說：「久病成良醫」。買中古車也一樣，每一次交易，都可以學到一些經驗、教訓。報章雜誌上，時常會刊載「購買中古車應注意哪些事項」之類的文章，有興趣的人不妨仔細研讀，久而久之，也可以成為中古車的行家。

基本上，我對中古車絕不排斥。我第一部車就是Ｓ廠牌的中古車，只開了半年，價位僅僅是新車的三分之二，十分划算。七十八年，我買了一輛Ｔ廠牌的二千ＣＣ進口中古車，開了三年，沒出過什麼大毛病，賣的時候只折損了十萬元，幾乎連自己都不敢相信。最主要的是這款車是暢銷車種，深獲消費者肯定，如果裡外保養得宜，折舊自然偏低。相反的，我也曾經買過」輛Ｏ廠牌三千三百ＣＣ的進口中古車，因為太過耗油，加上家住巷內，進出不便，開了半年便折損了十五萬元，便宜賣出，原因是：這款車在台灣屬冷門車，折舊率偏高。

玩車二十幾年，前後開過十六輛不同廠牌型號的車，實在算得上奢侈，但也帶給我許多樂趣。

（發表於桃園週刊）

走馬看花中歐行

利用寒假期間，跟著旅行團，到中歐幾個國家兜了一圈，雖然是走馬看花，但多少總是有點心得。

不過，這篇東西算不上是遊記，因為遊記類的文章必須對人、事、時、地、物交代清楚。老實說，下筆之前，我也不知道該寫些什麼，心裡只有一個念頭：在這篇文章裡，用自己的角度，捕捉一些中歐之行的觀感，並印證自己的某些想法；再則，也好對桃園客運公司吳董事長運豐先生的盛情邀稿交差，如此而已。

這趟中歐之行從二月八日晚啟程到二月十九日返抵國門前後總共十二天，扣除在飛機上的時間，只有十日不到的參觀時間，但在這麼短的時日內，我們卻跑了五個國家——荷蘭、德國、法國、比利時、瑞士。因此，說是「走馬看花」，一點都不為過，也因此，本文的所見所聞容或膚淺幼稚，容或有訛誤之處，敬請讀者諸君海涵。

❖景觀秀麗・令人嚮往

在這以前，透過報章雜誌的介紹或電視媒體的報導。對歐洲的風光早已心神嚮往，以往幾次出國，都沒有機會到歐洲，不能不說是一種遺憾。

這次終於有了一睹芳顏的的機會，心頭自是無比興奮。在十天行程中，我們都是乘坐巴士，不管是行駛在市街大道或郊區高速公路上，都有足夠的時間讓我們好好欣賞歐洲的自然風光和建築景觀，一飽眼福。

純就自然景觀而言，歐陸的地勢較為平坦，利用價值較高，不論平原也好，山丘也好，經過規劃開發之後，都呈現出一種整齊的風貌。在郊區，農莊定點群集，建築風格統整而調和，周遭環境整理得有條不紊。我想，這得力於民族的生活習性使然。

再就都市建築景現而言，就我們到過的幾個大城市，如阿姆斯特丹、巴黎、科隆、布魯塞爾……等來說，它們一方面保留了傳統的歐風建築物，另一方面也興建現代化的摩天大廈，但是，它們中間有所區隔，才不致造成市容凌亂。像巴黎，法國政府在十九世紀就規劃好了每一個行政區的建築物風格，對建物的高度、寬度、形式、格局，都有統一的規定，即使將來整修建物，也不能任意改變。所以，它們的建築景觀整齊美觀，予人深刻印象。

整體來說，歐洲的建築景觀應該是世界一流的，到歐洲旅遊的人，縱使對他們的歷史文化不甚瞭解，但是對他們的建築景觀一定會牢記不忘的。

❖藝術寶藏．嘆為觀止

喜愛藝術的人，理論上說，應該十分嚮往歐洲的藝術寶藏吧！世界馳名的巴黎「羅浮宮」及「凡爾賽宮」，我們分別以兩小時的時間去繞了一圈，大概也只看見了冰山一角，而難窺堂奧。

「羅浮宮」即「羅浮美術館」，有段時間又稱「拿破崙美術館」，它位於著名的「協和廣場」附近，入口是華人名建築師貝聿銘設計的金字塔形玻璃屋，館內搜集了古希臘、羅馬、古埃及、古代東方、中世紀文藝復興時代、十七八世紀時期著名的畫作、雕塑品、美術品，分門別類的陳列懸掛，供人觀賞，名畫「蒙娜麗莎的微笑」、「晚鐘」（米勒作品）均在其中。

此館所以成為世界名畫的寶庫，據法國導遊說：法國歷代幾位國王厥功至偉。像法蘭西斯一世專愛搜集希臘、羅馬的繪畫、雕刻作品；法王路易十五也相當熱衷各類藝術品的典藏；而拿破崙當年襲捲歐洲時，更攜回不少的藝術精品，藏在此處。

我很喜歡藝術作品，但缺乏藝術細胞，僅限於欣賞。來到這座藝術聖宮，懷著一股莫名的虔誠，走馬看花的繞一圈（猜測只走了三分之一的畫區），看到自己激賞的名畫，想駐足多觀賞一會，但又怕離隊「走失」而作罷，隨團參觀，這是一大不便。

❖教堂建築・古色古香

我們在巴黎停留三天，事實上是很短暫的。巴黎市區及近郊的名勝古蹟不勝枚舉，一般所熟知的除前面提到的羅浮美術館、凡爾賽宮外，像艾菲爾鐵塔、凱旋門、羅丹美術館、香榭大道、塞納河……等等，都相當著名，光是一座美術館，恐怕一天時間都看不完。

位於巴黎西提島的觀光勝地——聖母院，是典型中世紀歌德式建築物。據資料記載：聖母院建於十二世紀中葉，當時由巴黎市民熱心捐助，蓋了這座大教堂，至今已有八百年的歷史，到十九世紀時，又在教堂正門處建了三座歌德式的拱門，裡面也典藏了很多近代的雕刻作品。

聖母院最令人嘆服的是：牆、柱都是由石頭砌成，但給人的感覺卻是富麗堂皇、氣勢磅礴。置身院內，在彩繪玻璃的迴光反照下，散發著一般奇異的氣息，令人不禁興起思古之幽情。

院中有一處十分吸引人的地方，就是教堂頂樓欄杆的一角，樹立著一些模樣兒十分怪異的鳥獸形狀的惡魔像，它們彷彿來自另一個不知名的世界，臨空監視上帝的子民，真正的寓意為何？連法國導遊也說不上來。

整個歐洲到處可見這類教堂建築，但都不若聖母院的年代悠久。雖然，我不是教徒，但置身其中，卻也浸染了滿心的莊敬肅穆。

❖白雪皓皓．大開眼界

二月十一日早晨，我們搭巴士從德國科隆往瑞士盧森堡前進，經過德國「黑森林」的時候，半空中突然飄落陣陣雪花，全車的人都嘩然大叫，興奮異常。

住在台灣，難得見到雪景，尤其是瑞雪紛飛的景緻更是難得一見。

這一回，我們算是真正開了眼界了。只見漫空飄落的雪花，像棉絮般，以各種姿態墜落地面。司機jintes應大家要求，在山上一空曠處停車，讓大夥兒下去拍照，品嚐一下雪花沾身的感覺。

出乎我意料之外的是，下雪的感覺並不很冷，甚至不及台灣攝氏七、八度那般的冷。雪握掌中，很刺激，幾秒鐘過後，手掌會有麻痺的感覺。

大夥兒拼命拍照，忘了雪地溼滑。何紹清校長一時不慎，摔了一跤，差點把肩胛骨都摔脫了，還好，沒有大礙。

快近中午時分，抵達瑞士內喀爾湖，這個天然湖泊座落在山腰上，面積不算很大，由於積雪，湖水結冰，有很多鴛鴦，水鴨子在冰上追逐嬉戲，展示矯健的身段，構成有趣的畫面。

鐵力士山是著名的滑雪勝地，距盧森市車程約四十分鐘。從山下到山頂，搭乘纜車共分四段，全程約三十五分鐘，從纜車往外望，但見四周山巒全部被冰雪覆蓋，成了道地的銀色世界，蔚為奇觀。

山頂上有一座千年不化的冰宮，沿著通道前進，但覺寒氣逼人。

成群結隊的滑雪人，男女老少都有，憑高眺望，欣賞他們滑雪的高超技巧，真是令人嘆服。

❖異國風情・浪漫悠閒

在十天旅遊中，走訪了五個國家，我們看到的、所聽到的以及所能知道的都相當有限。但是，街景文化呈現的浪漫悠閒，卻是這幾個歐陸國家的共同表徵。

行程中，也有幾段讓我們閒逛的時間。因時值冬季，露天咖啡廣場沒機會目睹，但是，我總感覺他們生活的步調不緊，很少看見街道上有人開快車，也少有行色匆匆的路人，野鳥、海鷗及鴿子可以狀至悠閒的到處棲息，也沒人會去傷害牠們，整個生活環境寬寬鬆鬆、清清靜靜的，但從人們的笑容中卻也隱含飽實滿足的一面。

在巴黎街頭，到處可見當眾擁吻、狀至親暱的青年男女，他們的穿著清一色是休閒裝，少有人西裝領帶皮鞋，樣子都很瀟脫。在這兒，我們很容易體會到東西方民族文化風格的差異處。

我們的司機（十天旅程都是同一輛遊覽巴士，同一位司機）jinles是荷蘭人，五十歲，人高馬大，滿臉胳腮鬍，會說中國話：「你好嗎？」、「謝謝！」人挺幽默，每回有女團員找他合拍照片，他都把對方摟得緊緊的，表示親密，他們就是這副「德性」，不瞭解的話，還以為他愛吃「台灣豆腐」呢！

他每天跟我們一起用餐，每次吃完飯都要等他老半天才開車，有一天，他終於告訴我們的領隊楊宗仁說：「你們中國人吃飯總是這麼快，好像把吃飯當工作一樣，我們不一樣，我們工作幾個小時，吃飯是一種享受，要慢慢來。」楊領隊把這段話轉述之後，我們才若有所悟的「學乖」了，由此也可看出東西方人生活態度、觀點不同的一面。

❖汽車文化．截然不同

我個人喜歡汽車，前後已經換過九輛不同廠牌型號的汽車，所以，每到一個地方，我都特別留意他們的汽車，我發現到下列幾點，值得提出來談談。

（一）在十天行程中，我沒見到車禍發生。也許是他們的駕駛人和行人都能絕對的遵守交通規則吧！

（二）在法國、德國、瑞士、比利時等幾個國家，未曾發現一輛美國車。全是歐洲車的天下，這一點顯現的事實是：歐洲人相信他們的汽車品質強過美國車，也普遍有愛用國貨的心理。只有在荷蘭時我看到「凱迪拉克」當計程車，也許是存心給美國佬難堪吧！

（三）這幾個國家的汽車百分之六十以上，都是二千CC以下的中小型車。他們注重的是實用性，國民所得雖高，但不注重排場，跟台灣愛車人士的心理南轅北轍。

（四）他們的車，鈑金完美，幾乎看不見人為因素所遺留下來的刮痕，這跟台灣車經常被刮得傷痕累累又大相逕庭。

（五）台灣愛車人士買了車，不管新舊，老是愛加封椅套，歐洲人都以原椅面目見人，撇開氣候因素不談，台灣人虛偽、愛面子是不爭的事實，而歐洲人則比較率真，崇尚自然。

歐洲的法、德，都屬工業先進國家，尤其汽車工業，德製汽車賓士、BMW、歐迪、福斯等廠牌，享譽全球，這些在當地作為計程車使用的國民車，賣到台灣來，都變成了高級轎車，以BMW三二五 I為例，當地新車價格才合台幣四十餘萬元，但台灣的價格卻高達一百二十餘萬二（一九九五年），算算，什麼關稅、貨物稅加上去，也不需要這種高價，也許，這就是所謂高級汽車的「暴利論」吧！

（發表於桃園觀光雜誌）

筆耕不輟

我不敢說：寫作是我的人生志業；但是，我可以確定，這一輩子我跟寫作已經結緣。三十年前，很多人給我冠上「作家」的封號，那時候才僅僅出了三本書；如今，十六本著作攤開來可以鋪滿一大張桌子，加上零零散散未集結出版的作品六十多萬字，被人美稱為「作家」，大概還不至於臉紅。但奇怪的是，每回人家介紹我是「校長作家」時，內心總是還有那麼一點點不甚踏實的感覺，說不上來到底是啥原因。

寫作，是我的興趣之一，這種苦樂摻半的興趣能維持數十年而不變，自己也頗為自豪。在這漫長的數十年中，我的寫作歷程也有所謂摸索期、高峰期、高原期，不管在任何階段，我總算都熬過來了，現在的感覺是：心平氣和、觀照四海，而可以收斂自如、佛在我心了。

記得念小學的時候，我的國語科考試幾乎每次都拿滿分，五年級時代表班級參加作文比賽，意外的得了第一名，再參加鄉賽，又抱了冠軍回來，一時間，竟成了學校裡的風雲人物。

小學畢業，我以優異成績考取了省立苗中，但因為家住大湖鄉下，通學不便，只念了一年，就轉學到縣立大湖初中。由省中轉學到縣中，很多人替我惋惜，其實，自己也不十分情願，但囿於現實因素，也只好認命。

當時，大湖初中每學期都出版「湖中青年」刊物，二上，承導師授命，投了一篇文長三千字的「虎山露營記」，結果，不但刊登出來，而且排在第一篇，校長周召欽先生還特地在朝會時公開推薦讚揚，我受寵若驚，受到極大的鼓舞，從此就愛上了寫作。

初中畢業，我考上新竹師範，陸陸續續在校內外報刊上發表作品，賺取零用錢，二年級時，參加國語日報「難忘的老師」徵文比賽獲得第二名；參加亞洲文學徵文獲得第二名；教育部徵文也獲得入選。三年級時參加自由青年徵文僥倖榮獲首獎，這些努力的成果，都成為我筆耕初期的美好回憶。

師校畢業當了老師，雖然課務繁忙，我還是沒有放棄寫作。當時作品發表最多的地方就是國語日報，其他像徵信新聞報、中華日報、台灣新聞報、中央日報以及一些教育性的刊物，也經常出現我的作品。

服役三年期間，我寫得最勤，幾乎每個月至少有兩篇小說發表，稿費都比薪餉多好幾倍，在這期間，也結識了很多前輩作家，像鍾肇政、葉石濤、李喬、鄭清文、管管……等人，他們給了我很多指導和鞭策。

役滿回到小學任教，除了自己寫作之外，還成立了「作文實驗班」，教導孩子寫作。經過兩年努力，小有成績，還因此膺選為省特優教師。

本來我一直都是寫小說、散文的，六十一年奉命到板橋教師研習會參加「兒童文學編寫班」，經過陳梅生主任的啟迪以及林良、馬景賢、張劍鳴、張席珍諸先生的指導，回來之後，就下定決心要在兒童文學的園子裡努力。我的第三本書「兒童文學創作選評」就是由國語日報出版的，後來又應林良先生之邀，為國語日報社主編了一套十冊的「兒童文學創作選」。那前後十年的時間，是我筆耕的高峰期。

六十二年，國語日報文語文中心作文班成立，我是應聘授課的老師之一，最多時教四班，整個星期天都泡在語文中心，直到七十四年才因故離職。這十幾年中，我每週楊梅、台北跑，雖然疲累，但精神上是愉快的。批改學生的作品相當耗時，可是我的寫作計劃未曾中斷，作品照樣發表，著作照樣出版，各項藝文活動照樣參與，現在想起來，還真有點兒不可思議呢！

或許，有人會懷疑：教課、寫作會不會讓我分心旁騖，無法兼顧學校經營，我的答案是肯定的：不會。不但不會，而且有助於學校經營。因為寫作的人必須經常思考、分析問題；必須具邏輯、組織能力，這些因素都跟辦學決策息息相關。很多朋友說我很富有人文氣息，而人文精神的發揮正是當前學校經營的重要課題。

經營學校，不可能事事順心，某些人與事的問題，都需要校長費心神去思考處理；寫作亦然，也不可能每回提起筆來就文思泉湧，得心應手，有時候難免遇到困頓挫折，這時候，就是磨練自己的心志和耐性最好的機會。

常常想起年輕的時候，曾經為一家月刊和一家週刊寫專欄，有時候為了趕稿，必須犧牲很多休閒時間，甚至熬夜而影響家人的作息，那種滋味的確是苦不堪言；尤其，寫稿的目的是為了賺取稿費，補貼家用。利字當頭，心理的壓力就更為沉重。還好的是，教育人員薪俸逐年調整提高，出書、授課也增加一些額外的收入，家庭經濟情況改善之後，我就不用充當「拼命三郎」了。

從七十五年到八十二年間，我寫得很少，各項藝文活動也很少參與，這段期可以說是我筆耕生涯中的高原期。畢竟年歲的增長，多少會帶給人一些很不尋常的省思，回顧自己過往數十年來所走過的路，雖不十分平順，但上蒼已經相當厚待於我，在面臨「耳順」之年的同時，自己能夠停下來、靜下來重新思考某些問題，對我來說，應該是人生另一階段成長的起點。

這幾十年來的筆耕不輟，帶給我許許多多的榮耀，客廳書櫃中陳列的各式獎狀、獎牌，象徵著「耕耘必有收穫」的寓義，足以昭告後代子孫。雖然我只是教育行政最基層的國小校長，但是我手中提的筆除了批示公文之外，尚可描繪出人世間的多采多姿。

我想，我深信，我會繼續寫下去。

（發表於國語日報）

童話

雙頭鳥

傳說中，五百年再生一次的火鳳凰，在一次石破天驚的迸裂聲之後，牠掙脫了沉重的背殼，大力展翅飛向幽黑黑的森林裡。

這時候，在森林的盡頭，一個名叫秀姍的小女孩，正坐在一片空曠的草地上痴痴的凝望著藍藍的天空沉思。小女孩才七、八歲的模樣兒，長得聰明機伶，惹人愛憐，細緻的肌膚白裡透紅，深邃的眼眸炯炯有神，依稀還閃漾著幸福的光彩。她定睛望著天空出神，誰也不知道她腦海裡在想些什麼。

就是這麼偶然的一瞥，從森林那端飄過來一團紅，不！不是飄，而是飛躍過來的，因為它的速度是那麼快，快得像一團火光一樣，那團紅沿著小女孩的視線迅疾的飛射過來。當然，這時候的小女孩除了一臉的訝異之外，不可能看清楚什麼，她只覺得眼前出現的東西從來沒見過，很嚇人的一團紅，紅得跟火一樣。

就在小女孩驚愣間，那團紅突然停止了移動，就在距離小女孩十幾步以外的地方停住了。

小女孩沒有因為驚訝而打算離去的念頭，她出奇的鎮靜，睜著兩隻大眼睛，定定的望著那團紅，起初，她根本看不清楚那是什麼，因為牠周身彷若熊熊烈火，隱然給這座幽暗的森林燃起了一把火炬。但是，後來，那是經過一段時間後，她瞭解到，眼前這東西不過是一種生物罷了。她本能的直覺是：牠不屬於這座森林，牠是外侵的族類。牠來自什麼地方，小女孩可一點兒也弄不清楚。

小女孩一動也不動的望著牠，牠比大人的一隻巴掌稍大，火般的羽毛閃著豔紅，連尖尖的嘴和細細的腳也是紅的，全身紅得令人眩目。

小女孩開始蹙緊了眉頸，因為她不曉得該怎麼稱呼牠。住在森林邊這些年了，她早已和森林裡的許多動物成了朋友。

「嗨！小紅紅。」小女孩試著這樣叫。

「我叫火鳳凰，是『幸福』的化身，妳就叫我『幸福』好了。」牠竟然回答了她的話，聲音極為清脆。

從沒聽說過森林裡有「火鳳凰」這種動物，也從沒聽爸爸提過這種動物的名字。小女孩晃頭，痴迷的自言自語：

「火鳳凰？幸福？幸福？……」

「是的，幸福。」牠又說話了：「妳叫秀姍，對不對？」

「是啊！我叫秀姍。」

「記住，我會給妳幸福，當妳需要它的時候，我會給妳，但不是現在，現在，我只能給妳快樂。」

「什麼是幸福？」

「妳不必急著知道，因為妳還小。」

「為什麼你要給我幸福？」

「因為我是火鳳凰，妳一定沒聽過我的故事。」

「我真的沒見過你，也從來沒聽說過。」秀姍一肚子的疑惑：「你到底從那兒來的？你怎麼認識我？」

「妳不必知道我的故事，妳只要明白，今天是我蟄伏了五百年才出世的第一天，看見我的第一個人將可以獲得終身的幸福。」

「我不懂你在說什麼。我真的不懂你在說什麼。」秀姍搖搖頭。

「我不想跟妳說太多，可愛的小女孩，我只想告訴妳：二十年後，如果妳見到了雙頭鳥，那就是我的化身，我會賜給妳幸幅。」幸福的聲音裡充滿了慈藹，安詳。

「二十年後，我——我不是已經長大了嗎？」

「是的。二十年後，妳將會得到尊榮和幸福。」

這時候，這位叫秀姍的小女孩身後傳來了一聲親切的呼喚：

「孩子，妳在跟誰說話？」

「噢，爸爸，您快來看，您見過牠嗎？」秀姍站起來轉過頭，望著她慈祥的父親。

「孩子，妳要我看什麼？」

秀姍的父親是一位看起來頗為剛毅挺拔的中年男子，飽滿的額頭，泛著稀疏的皺紋，那是歲月留下的標記；濃黑的眉毛下，一隻精明有神的眼睛，代表著成熟的智慧，他跟秀姍說話的時候，總是習慣性的露出一臉的笑容，使人覺得十分可親。

「爸爸，我要你看看那隻『火鳳凰』。」

「火鳳凰？」

「是啊！牠叫『幸福』，爸，你看，就在那——」就在秀姍轉頭的那一瞬間，「火鳳凰」卻已經消失了蹤影，當然，她的父親什麼也都沒看到。

「孩子，妳是在逗爸爸嗎？」父親摸摸秀姍的頭，一點兒也沒有生氣的意味。

「不！爸爸，我沒騙您，牠剛才就在那邊，牠還跟我說話。」秀姍急著辯解，她迫切的希望父親相信她所見到的事實。

「妳說，妳在跟誰說話？」父親眉宇間寫著困惑：「牠跟妳說了些什麼？」

「牠說牠是幸福的化身，牠會給我幸福，但不是現在，現在牠只能給我快樂。牠還說，二十年後，如果我看到一隻雙頭鳥，那就是牠的化身，雙頭鳥代表幸福。」秀姍說著這些話的時候，眼中閃漾著異樣的神采，好像有某一種神奇的力量，把她推入一個詭異的世界。

「孩子，你想像力實在太豐富了，豐富得讓我這個做爸爸的覺得不可思議，我看，我是真的必須送妳下山去看醫生了。」

「爸爸，您一定要相信我的話，我確實聽到牠在跟我說話，我不會騙您的。」

「孩子，我不是說妳在騙我。」父親定定的望住秀姍，眼神十分慈藹。「我只是在懷疑，妳是不是一直在想念著妳的母親，妳把母親揉入想像世界裏，妳希望她永遠存在，永遠活在妳心底，告訴我，孩子，是不是這樣?告訴我。」

這位中年男人說到這裡的時候，臉上的表情突然變得非常落寞，在剎那間，彷彿攬住了無邊無底的憂傷，使得他的眼神變得無比的黯淡，完全失去了應有的光采。

「爸爸，您捏痛了我的手臂了。」秀姍說這話的時候沒有任何掙扎，顯得異常的平靜。

「她會回來的。」父親鬆了貼住秀姍臂膀的手掌，望著亮麗的天空，喃喃的說道：

「她會回來的。」

「媽媽真的會回來嗎？」

「會的，但是，不知道什麼時候才會回來。」

「爸爸，對不起，我又惹您難過了。」秀姍默默的低下頭，豆大的的淚珠沿著她稚嫩的臉龐滑落。

「孩子，別想了，我們進屋去吧！」

——二十年後

早晨第一束亮麗耀眼的陽光，從圍繞著糾纏不清的紫藤花的窗隙中透進來，朦朧的花影，隨著輕風擺盪，給這間小巧玲瓏的房間，憑添了無限的溫馨。

秀姍正坐在房間的角落裡，對著鏡子梳妝。她看起來是那麼娉婷秀麗，洋溢在眉宇間那股清新脫俗的氣質，使她整個人看起來像清晨的陽光一般亮麗。她的眼大而深邃，流盪著盈盈波光，鼻樑秀氣而挺直，嘴小而紅潤；全身散發著深深吸引人的氣息。

二十年，是一段漫長的時光。

二十年，使她由一個稚純可愛的小女孩變為婷婷玉立的大姑娘。

二十年，使她的父親改變了形貌，從中年步人了老年，不再剛毅挺拔，卻依舊慈藹可親，但是，最後他還是隨風而去了。

父親的去世，在她的心底鑄下了深深的烙痕。懷念過往的歲月裡，是那塊像大地一般寬厚的胸膛支撐著她成長；是那雙強而有力的臂膀扶持著她懂事，父親柔和的眼神，父親嘴角盈掛的笑意，是如此清晰且深刻鐫印在她的記憶裡，時時刻刻、分分秒秒，她都可以感受到父親那刻骨銘心的愛。

二十年來，她在愛的暖流中成長。

但是，母親卻沒有在她的生命中出現。

這不能不說是一種可悲的遺憾。從她來到這個人世間開始，就不曾見過母親的容顏。她只知道一件殘酷的事實，母親走了，不知道走向何方。父親說的，也許母親是走向另一個世界去了，但是父親又說，母親會回來的，一定會回來的。

而她盼了、等了二十年，母親依舊沒有回來。

即使在父親隨風而去的那一刻，他仍喃喃自語：「她會回來的，她會回來的。」

蒼老顫巍的聲音透著希望破滅的悲涼，她發現父親的眼角有淚。剛毅的父親是不輕易掉淚的，在那一刻，她感受到一陣錐心刺骨的哀傷。

可是，母親卻千真萬確的沒有回來。

消逝的歲月裡曾經流浪，而最後她還是回到了這個古老的「家」。

也許，每一個人走了很長的一段路以後，都會重新起步吧！

不曾刻意地去安排或者選擇，她又回到了這座黑幽幽的森林旁邊住下來。

二十年的歷練，她變得堅強、能幹而充滿自信。她為自己築巢，為自己開闢一片自我生活的小天地。

這時候，陽光逐漸侵入她房間的大半空間，斑駁的花影貪婪的在牆板上流連。她突然萌生了一個念頭，要再讀一遍貼在牆板上的那幾句話：

願明日的陽光
在你我的容顏上
寫下深刻的歷史

這幾句話寫在一片樹葉上。寫這幾句話的人把樹葉塞入她的手中，那一剎那，她感受到一陣心悸。

「這片葉子叫『自然』。」他輕聲輕語的說：「在這片林子裡所有的事情都是自然發生的，像現在是薄暮時分，妳可以看到斜陽就在我們視線的前端，明日，它還是一樣，也許，明日的陽光會暫時隱藏起來，但是，它還是存在的，這就是自然，大地蒼生萬物都是自然衍生的，你我也是，妳能說不是嗎？」

她清楚的記得那個薄暮時分的日子，她獨自坐在一棵大樹下望著斜陽沉思，他在她後方出現了。

「秀姍。」他喚著她。

她一驚，原以為這座森林是屬於她一個人的。

「你──？」

「妳很驚訝，是嗎？」他輕聲的說：「其實，二十年前我就認識妳了。」

二十年前，他就認識我了，噢！多奇妙的事情，多玄奧的事情，這到底是怎麼回事？──她陷入了困惑。

「妳是屬於自然的，自然會賜給妳一切，包括勇氣、智慧和幸福。」

他說這話的時候，神情莊嚴篤定，眼神溫和誠懇。她想再看得仔細些，卻見他把手中的一片葉子遞過來給她。

她實在不敢相信這一切發生的事實。那一刻，她居然不想拒絕什麼，自自然然的從他手中接過了葉子。

騰不出心思去思索這片葉子上幾句話所表達的意思，記憶中的那團紅卻逕自從腦海中升上來。

「你知道『火鳳凰』嗎？」

「知道。」他微笑：「牠已化身為『雙頭鳥』。」

「『雙頭鳥』？」她悚然一驚：「你見到了『雙頭鳥』？」

「妳也見到了。」他仍然一臉微笑：「只是妳不知道。」

「我不懂？」

「妳以後，不，妳很快就會懂的。」

二十年來，「火鳳凰」的記憶始終不曾被淹沒，那團紅時常不經意的在她心靈中亮起一片火光，但是很快又會熄滅。父親的隨風而去，苦等母親也不見回來，愁鬱早已填滿心頭，也從不苦心的去尋覓什麼。

他的出現，使她驚悸。

平靜的心湖，泛起了陣陣漣漪。

在她的生活中，在她的視線內，他頻頻出現，那身影、那眼神，那聲音，常使她想起她最愛的父親。

她強烈的感受到，一股巨大的力量正排山倒海的朝她擁來，開始時，她全身繃緊了想抗拒，但是，那股力量大得使她抗拒不了，也找不出足夠的理由去抗拒。內心曾經有過掙扎，有過痛苦、矛盾，但是到了後來，她不再掙扎，奇怪的是：當她作了這種決定之後，痛苦和矛盾也隨之消失了。

「幸福，不必刻意去追尋，人，來自自然，回歸自然，自然給予人的了悟就是幸福。」她耳畔又響起他的聲音：「二十年前，妳心中的『火鳳凰』，現在，妳心中的

『雙頭鳥』，也都是自然衍生的形象，事實上，妳已經獲得最真實的東西。」

她望著鏡中的自己，不自覺的露出滿足的笑容。父親、母親、火鳳凰、雙頭鳥，真情、摯愛，這一切的一切，不都是她全部的生命嗎？

（發表於央央週刊）

飛飛

《1》

從厚厚的透明玻璃望出去，今天上門的顧客比平常少了些，比較引起我注意的是一對男女。他們從上午十點半進門到現在，已在店裏整整耗了半個小時，看起來似乎還沒有離去的打算。

看上去，男的四十多，身材高壯、前額飽滿、兩眼炯炯有神、一臉的精明相，加上一身輕便的打扮——套頭毛衣、綠夾克、灰色運動長褲、白色布鞋，看起來斯文忠厚。女的也是四十上下，個兒嬌小，體態輕盈，看她經常輕聲細語的跟那男的說話，便知道她必定是性情和善的女人。他們是夫婦吧！我想。

今天的氣溫突然下降很多。這點我是聽昨晚的電視新聞報導才知道的，台灣的秋冬早晚溫差大，偶爾寒流來襲，就會變得陰冷，這些也都是無意間聽主人跟顧客談話才知道的。但是，不管外面的氣候如何變化，我都感受不到，因為我住的玻璃屋子裏裝有自動調溫設備，我根本不用操心天氣的冷熱。

一定是外面天氣冷，顧客才很少上門，我的主人也樂得清閒，坐在一張半新不舊的旋轉椅上猛抽煙，煙霧在他的頭頂上空盤繞、擴散，他的樣子顯示整個人陷在沉思裏。我在猜想：他一定為了生意清淡而發愁吧！為了把我們賣出去，他最近猛跟一些老顧客打電話，說什麼最近進了一批「貨」，有來自印尼、新加坡、美國的，也有像我一樣來自南美的，希望他們來參觀選購。但是，情況並不如他預期中的熱烈，來參觀的人不少，生意做成的卻不多，這裏頭，價錢大概是主要的關鍵吧！像我的朋友——來自新加坡的「金波羅」標價是台幣一千六百元；來自美國的「美國九間」也得兩百台幣；至於我，哦！對了！我還沒有自我介紹呢！我也不曉得我原來的名字叫什麼，現在的主人叫我「飛鳳」，我來自亞馬遜河，那是一個離這裏很遙遠、很遙遠的地方。談到身價嘛，在我的原始居住地，我跟食人魚、麗魚科魚一樣，只是當地人飯桌上的佐菜，可是到了台灣，卻立刻身價暴漲，少說也要台幣七、八百呢！

人類用什麼眼光看我，我一直很懷疑。就像那對男女，站在我的玻璃屋子前已經有好幾分鐘，兩隻眼睛不斷的上下左右搜尋，臉上的表情也不時的變化，他們到底想知道些什麼呢？我不明白我的同伴友人是怎麼想的，不過，我卻有個預感：他們已經對我發生興趣；因為男人那雙眼睛始終沒離開過我的身上。

終於，我聽到那男人開口了：

「嗨！」他用手肘碰觸女人，又用手指著我：「這傢伙的身體是流線型的，蠻漂亮的。」

「是啊！」女人笑笑：「牠游動的姿勢才真是美妙呢！」

「牠叫什麼？」男人自言自語。

「我怎麼懂？」女人回答：「問老闆吧！」

我的主人猴樣的精，在沉思中也聽到了這對男女的談話。他老遠的拋來一句話：

「牠叫飛鳳，挺多人喜歡，但數量少，很難買到。」隨著聲音，他人已走到我面前。

「怎麼樣？買一尾回家養養！這種魚很聰明的。」

「你說牠叫飛鳳？」女人臉上透著好奇。

「對呀！牠來自南美亞馬遜河，先運到美國洛杉機再空運來台，因為路途遙遠，運費昂貴，加上空運途中死亡率高，所以價錢貴了一點。」

「多少？」男人問。

「我們普通一尾賣八百五十元，你們要的話，算七百元好了。」

我又聽到主人撒了一次謊，昨天另一個顧客問價錢時，他說的是七百五十元定價，而願意以六百元把我送出門，但沒成交。

「這麼貴！」男人略略吃驚。

「不貴啦！」主人拉長了聲調：「這種魚最貴時賣到一千五、六呢！」

男人面有難色，女人卻興緻勃勃的接腔：

「老闆，說真的，最低價要多少？」

「妳真的要買？」男人瞄了女人一眼，扶正了眼鏡。

「買一尾給飛飛吧！牠不是叫飛鳳嗎？何況牠的模樣兒也很可愛。」

現在，我可以確定這對男女是夫婦了。飛飛一定是他們的孩子，家裡也一定有個水族箱，可能養了不少我的同類吧！還可以確定的是，他們一定很疼飛飛，因為男人並沒有反對女人提議，而很快的掏出錢袋準備付款。

生意就這樣順利的成交。我不曉得自己的確實身價，但是，從主人快樂的表情上，我卻對店主的貪婪和虛偽留下了深刻的印象。

另一點讓我發笑的是：促使我離開這個玻璃屋子的原因之一居然是因為我的名字中有個「飛」字。

《2》

在新的一個玻璃屋子裏，飛飛成了我的小主人。

他的長相承襲了父母親的優點，比如說：他有個飽滿的額頭，紅潤的臉頰以及一對惹眼的大耳。我猜他頂多十一、二歲，不過，他此同年齡的孩子長得高壯，這點跟他爸爸相像。

小主人的爸爸，對了，我就稱他男主人好了。男主人在一家公營機構做事，八點出門，通常都要到五點半才回家，吃過飯，他習慣看幾個小時電視，廣告時間，他會站起來伸伸懶腰或走動走動，要不就是跟飛飛談話或跟女主人談些公司裡的事情，有時候，他也會很舒適的躺在沙發上看一些書報雜誌，倦了就閉目養神。過了十點，他一定回房就寢。他是一個講求生活秩序，很有時間觀念的典型上班族。

至於女主人，據說是在一家工廠當領班，白天很少在家，晚上回來以後也似乎還有很多事情要做，但偶爾她也會忙裏偷閒，在客廳陪陪先生、孩子。她說話的聲立很柔細，但不做作，而且還帶點權威性。我對她的第一印象沒錯，她是個性情和善的女人。

住進新屋子裏一個禮拜，對於周圍的生活環境，大致上我已經能夠適應。男主人很細心，他把水族箱底部的砂石全部清理乾淨，這樣，我最喜歡的食物——紅蟲，就不致於鑽入砂石中而害我餓肚子了。另外，因為我膽子比較小，或者說是有點神經質，容易受到驚嚇，男主人特地在缸子上方裝了一盞小燈，在清靜的夜晚，微微的亮光使我覺得無限的溫暖。

我的新屋子就在客廳正前方電視機的旁邊，我可以很容易的看清楚客廳裏的一切景物。記得剛住進來的那一天，我就發現靠窗的壁架上有一樣我從不曾見過的東西，後來，我的朋友——來自新加坡的「金波羅」告訴我：那東西叫「四面佛」，是女主人參加工廠旅遊東南亞時帶回來的。

「那是一種吉祥物。」金波羅以友善的口氣對我說：「中國人很喜歡搜集這一類東西。」

「有象徵性意義的東西，世界各地人種都會喜歡。」我說：「只是喜歡的東西不同而已。」

「你知道中國人為什麼喜歡養魚嗎？」阿波羅似乎很願意交我這個朋友，牠親熱的用嘴巴碰觸我的胸鰭。

「這個嘛！我住進水族館就知道了。」我愉快的回答：「中國人刻苦勤儉，希望年年有餘，這個『餘』字跟『魚』同意，為了求吉祥，所以中國人就時興養魚嘍！」

「對！對！對！你不賴耶！」金波羅興奮的連聲讚嘆，一擺尾，斜地裏往上衝，再一個急轉身，飛快的又回到我身邊，牠這個動作，讓其他同伴都吃了一驚，牠卻得意的哈哈大笑：「我還以為，從南美洲來的傢伙都是土包子呢！」

「哎呀！在亞馬遜河裡住的時候，確實比較土。不過，坐了那麼久的飛機到台灣來，不聰明也變聰明啦！」我半開玩笑的說：「你從印尼來，不也是這樣子嗎？」

「對呀！到台灣來，才知道這裏真是天堂。」

「怎麼說呢？」

「住這裏不愁吃，不怕氣候突變，安安全全，主人會把我們伺候得好好的，這不是天堂是什麼？」

「可是，你不覺得住這裏少了什麼嗎？」

「少了什麼？」金波羅兩眼直愣愣的瞪著我：「你說。」

「自由。」

「自由？」金波羅的口氣挾帶著少許不屑。「自由跟生存的安全比起來哪個重要？你說你原來住在亞馬遜河，你覺得有安全感嗎？隨時你都可能成為人類餐桌上的佳餚，你有自由，但生命毫無保障，那麼，這種自由又有什麼意義呢？」

顯然的，我這個熱情的朋友還是個辯才無礙的傢伙，在這座屋子裏，我還是生客，我不想跟牠爭論，於是，我和緩的說：「你說的有道理。也許你是對的。」

《3》

住在這屋子裏的七個同伴中，金波羅是我認識的第一個朋友。

不到幾天，我陸陸續續的認識了其他朋友，但是，只知道他們的名字叫什麼「黑雲」、「高射砲」、「黃金戰船」、「成吉思汗」、「石斑」，跟他們之間卻好像隔著一道什麼，談不上交情，甚至沒談過話。

住在這裏跟住在水族館其實沒什麼兩樣，唯一不同的是這裏周圍的環境清靜多了，每天再也看不到那麼多不同的人，不同的面孔矗立在我面前比手劃腳、指指點點，再也聽不到馬路上人車吵雜的噪音。這裏，大概是我一輩子安身立命的地方了，我再也不必為自己未來的命運操心惶恐了。

小主人叫孟飛，他的父母親喚他「飛飛」，這名字跟他的人一樣，蠻可愛，也蠻好聽的。從他父母親的談話中，我知道他念國小五年級，成績很好，在班上當副班長，跟我一樣，我在這個屋子裏也是當副班長，班長是金波羅。我這個副班長是金波羅提名的，他唯一的理由是：遠來的和尚會念經。天知道我會念什麼經，能夠消遙自在的在這裏安身立命就不錯了，還想有什麼作為呢？這全是金波羅的餿主意。唉！算了！人家也是一番好意，多少是看中了我這副班長長相斯文，姿態優雅的德行吧！

嘿！我可沒有「孤芳自賞」的意思哦！飛飛的舉止就是最好的證明。從我住進來那天開始，他就對我情有獨鍾，每天放學回到家裏，書包一甩，就迫不及待的把小臉蛋湊近玻璃缸前，凝視著我半天，看我嘴巴一張一闔的，他也學我的樣兒把小嘴噘得尖尖的一啟一閉，甚至想湊上來親我一下。有時候，他為了想親近我，忍不住把手伸進水中想觸摸我的身體，這時候，我就會像「俏姑娘遇上採花盜」似的大驚失色，屁滾尿流的沒命奔逃，口中當然不忘哀哀大喊：「救命啊！救命啊！」可是，他能聽到我的呼喊嗎？他一定聽不到的，即使聽到，也不會懂我在嚷嚷什麼，畢竟，我跟他是不同族類呀！

慶幸的是：飛飛到底是冰雪聰明的孩子，他知道我膽小，怕受驚嚇，從此不再侵擾我，他這種轉變，我真要謝天謝地哩！

有一天下午，飛飛提早回來。一進門，我就發現他神情跟平常不太一樣，他的嘴唇抿得緊緊的。腮幫子鼓鼓的，眼珠子也紅紅的，八成是發生什麼事了。

他把書包一扔，整個人跌坐沙發上，兩眼直愣愣的盯住天花板出神。

天花板上中央吊掛著一盞美術燈，棒棒糖似的玻璃墜子鑲滿燈座四周，平常看起來挺氣派美觀，這時候，我卻突然覺得它無比沉重，好像隨時都可能掉落下來。啊！千萬不能，千萬不能，那樣會砸傷了我的小主人呀！

小主人看來是那般脆弱，他一定是遇到了什麼挫折，我心裏這麼想。

這時候，我好想壯起膽子，讓小主人來觸摸我的身體，也藉此傳輸我對他的關懷。可是，他沒有，他坐在沙發上一動也不動的，活像一個洩了氣的皮球。

「報告班長，我們的小主人有了麻煩，你看出來了嗎？」我跟金波羅說。

「我看出來了，他會有什麼麻煩呢？」

「他可能掉了什麼重要的東西，要不然，他不會是那副難過的樣子。」我說。

「嗯！有道理。」金波羅點點頭：「也有可能是今天在學校考試的成績不理想，所以他才又氣惱，又傷心哩！」

「我猜，他可能觸犯了校規被老師處罰吧！」高射砲湊近來插嘴。

「依我看，他或許是生病了。」黑雲也在一旁接腔。

「你們講的都有可能，看他那副樣子，好可憐哦！」一向不愛多話的成吉思汗，這時也忍不住開口了：「如果我會變，我一定馬上變成女主人，好好的安慰他，問清楚到底是怎麼回事。可惜，我……什麼也不是，我……我什麼也不會……。」

「哎呀！成吉思汗先生，你別自怨自艾了好不好？即使我們誰也幫不了忙，但有這份心也就夠了！」金波羅提高了嗓音說。

「班長說得對！」我為金波羅幫腔，也順便試試自己職權運作的效果。「我們現在唯一能做的就是安靜下來，祈禱男主人或女主人早點回來幫小主人解決難題，你們說對嗎？」

「對！飛鳳說得對！我們現在開始祈禱。」

滿屋子贊同的回聲，看來，我這個副班長還是會念一套「經」的。

《4》

五點整，男主人推開了客廳門，我心想：祈禱有效。隨後不到三分鐘，女主人也跨進了家門。

現在，這一家三口人全坐在客廳。當然，氣氛不很和諧。因為，女主人眼尖心細，一進門就發現了小主人的神情有異。

「飛飛，到底發生了什麼事？快說出來。」她摟著飛飛，語調十分柔細。

小主人不說話。

「飛飛，你一定要說出來，乖孩子，媽知道你一定是受了什麼委屈，不管怎樣，你都要告訴我們。」女主人一面說著，一面跟男主人遞眼色。男主人機伶，會過意來，立刻幫腔：

「是啊！飛飛，有什麼委屈，有什麼煩人的事，儘管說出來，我們會替你拿主意的。」

小主人的腦袋瓜深深埋在母親懷裏，身子輕微的抽搐；做母親的則用手掌輕輕撫愛小主人的背脊，一臉的慈藹關懷。這情景更令我感動，可惜我不會流淚，不然，我的淚水一定會染鹹這一缸子的水。

好一會兒，小主人才抬起頭來，癡癡的望著女主人，然後又別過頭望著男主人，顫聲的說：

「爸媽，你們答應我一件事好嗎？」

「什麼事？快說。」女主人催促著。

「我們家買一臺錄放影機好嗎？」

小主人說這話的時候，似乎顯得小心翼翼，聲音裏透著焦灼和期待。

「買錄放影機？」男主人坐直了身子，習慣性的扶正眼鏡。「你為什麼突然提出這個要求？」

「因為——因為今天下午上課的時候，談到台灣進步的情形，老師順便做了一項調查，結果全班四十三位同學，有三十二位同學家裏有錄放影機，本來我也不覺得什麼，可是——可是下課後，潘仔——就是住在街尾的那個多嘴公潘也華啦！卻一直拿這事嘲笑我，說什麼我們家這麼落後，連錄放影機都沒有，我氣不過，就跟他大吵一頓，吵得我頭都昏了，就跟老師請病假提早半個鐘頭回來。」

「哦！原來是怎麼回事。」女主人舒了口氣，憐愛的撫著小主人的頭，柔聲的說

「我不是早跟你說過嗎？我們家之所以不買錄放影機，是怕有了它之後，會影響你做功課的時間，並不是我們買不起呀！」

「我知道，我知道。可是，大部份同學家都有啊！再說，我也不是不懂事，我會選時間，選片子來看，像一些自然科學類的影帶，我很喜歡，多少也可以增加一些知識嘛！」

男主人頻頻點頭，很快的搭腔：

「飛飛既然這樣說，秀子，我看就去買一台回來吧！」秀子是女主人的名字。

「好吧！」女主人很乾脆的回答。「待會兒，你就陪飛飛去選機種。」

塵埃終於落定。我跟同伴們都鬆了口氣。我想：男主人的決定是對的，飛飛是個懂事的孩子，絕不會因為有了錄放影機而耽誤了課業。

《5》

不知不覺中，住進新家已經半年。

我的生活過得平靜而愜意。白天，男女主人去上班，飛飛去上學，我跟同伴們可以聊聊天，玩玩遊戲。活動的空間雖然不大，但自由自在。有時候，會想起亞馬遜河那片寬廣的生活天地，但正如金波羅說的，那原始的河面上潛藏著重重危機，貪婪的人們永遠當我們是美味的佐食，我們隨時可能成為人們餐桌上的佳餚，在那兒，我們的小生命毫無保障。

現在，我們以被欣賞者的姿態被安置在這個小小的玻璃缸裏；人類拿什麼眼光看我們，我一直覺得懷疑。是基於人與動物之間的感情？還是基於人類圖個吉利，冀望年年有「餘」？如果是前者上無疑問的，我們的自然、真實必然能帶給人類更多的省思；如果是後者，一旦人類的期待破滅，我們恐怕就難逃厄運。

想到這個問題，我忍不住就會懊惱。金波羅不愧是我的知己，往往一眼就能看穿我的心事。他總是提醒我說：「別操心了，飛飛一家人不是很愛護我們嗎？水溫、食物，哪一樣忽略了？沒有啊！上回『黑雲』生病了，男主人還特地用抗生素替他治療呢！女主人每十天就替我們換掉四分之一的水，已經夠周到了，你還擔心會被宰了不成？他們才不捨得呢！」

金波羅說得沒錯，飛飛一家人都待我們不錯。尤其飛飛，一有空就蹲在玻璃缸前面，靜靜的觀察我們的活動，他對我似乎特別有興趣，不時跟我自言自語的，也不知在說些什麼。對了，他還叫我「飛飛」呢，天哪！搞不懂他是哪來的靈感，我居然變成了跟他同名的弟兄。

「飛鳳，唉！不男不女的名字，乾脆以後叫你飛飛好了，跟我同名，我是兄，你是弟，我們是兄弟。」那天晚上，飛飛在我面前比手劃腳，有模有樣的這樣說著，男、女主人都被逗笑了。

從這以後，小主人真的就叫我飛飛，我還真覺得有趣呢！

星期六下午，飛飛去鄉下探視奶奶，臨走前，他居然煞有其事的用手指著我說：「喂！小兄弟，我要到鄉下住一個晚上，陪陪奶奶，你可要好好守在家裏呀！你要不聽話，當心回來打你屁股呀！」

飛飛走了。晚上，客廳裡就剩下男、女主人在看電視、聊天。美術燈的暈黃燈光，把室內渲染得異常溫暖，壁架上的四面佛在燈影下閃閃發光；另一面牆的壁櫥擺滿了大部頭的書籍、骨董以及幾瓶昂貴的洋酒，電視機左側的鋼琴上還陳列著一些獎牌、銀盾，空間雖然不很寬敞，但看起來十分典雅。

利用電視廣告的空檔，男主人正跟女主人談論公司派他出國考察的事，電話鈴聲響了。

「喂！飛飛嗎？奶奶身子怎麼樣？很好！好！你呢？怎麼樣？……想念你的小兄弟，哦！我懂了……你是指飛鳳啊，牠很好，你媽咪餵牠紅蟲，還換缸水……沒問題，你放心好了。明天回來，……好，好，晚上好好睡，再見。」

我的小主人是這樣的關心我，我好感動，真想放聲的大哭，可是又怕朋友笑我神經質發作。

半夜，正想靜下來休息，忽然覺得呼吸有點兒困難，整個頭部感到暈沉沉的，不僅是我，其他同伴也是這樣。

一定是出了什麼問題，我心裏想。仔細看清楚。噢！天啊！缸水完全靜止，泡泡兒不冒了。這下可慘了，我們遇到麻煩啦！

「班長，趕快召集大家想辦法啊！」我大叫。

同伴們都圍攏過來了。「副班長，你有什麼法子？」阿波羅滿臉焦急。

「大家看到沒有？氧氣輸送管的插頭鬆了，水中的氧氣會慢慢減少，現在，我們盡量往水面游，把頭探出水面呼吸，再來，我們要輪流鑽動、跳躍，讓水波動，大家聽懂我的話嗎？」我說話的時候努力保持鎮靜，以避免同伴們驚恐敗事。

「大家聽懂了。」阿波羅說：「副班長，由你開始示範吧！」

「好！大家看仔細。」

於是，我深深的吸了日氣，再用力挺身、縮腰、擺尾，往水面疾衝，再旋身用尾巴拍打水面，濺起成朵水花。

「班長，該你了。」我大聲說：「還沒輪到的照我剛才說的去做，盡量保留體力。」

這一來，此起彼落的聲音不斷響起，在深夜寂靜的客廳裏顯得特別清晰。

其實，我心裏明白，這種自救的方式效果是有限的，到最後，我們都將精疲力竭，缺氧窒息而死。住在水族館的十幾天裏，我也遇過同樣的情形，同伴死了三個，幸而店主人發現得早，不然，我早就像垃圾般被丟棄了。

當然，等待絕不是辦法。遇到了困難，總要想法子解決。現在所用的法子也是唯一的法子，或者說這是死前的掙扎吧！如果沒有奇蹟出現，到了天亮，我們可能都成了水面的浮屍。

「我覺得頭很暈，很不舒服。」我聽到黑雲這樣說。

「我看這樣下去的話，即使不窒息也要累死。」高射砲有氣無力的接口。

「四面佛啊！拜託你保祐我們平安無事吧！住這兒那麼舒服，我還不想死耶！」平常愛開玩笑，吊而啷噹的金波羅故作輕鬆的說。其實，我知道他比誰都緊張。

天啊！只盼奇蹟出現了。

時間一分一秒的過去，死亡的壓力愈來愈沉重。

我想起了出生地——亞馬遜河，那寬廣的河域，那緩緩的流水，那密集的林木，那溫暖的陽光，……一幕幕的在我眼前晃過，而我，出生不到一年就離開了故鄉，不知經過多少時間，才輾轉到了台灣，這種轉變實在不是我願意的，但是不願意又如何，我的命運完全掌握在人類的手中啊！

突然，我又想到了小主人飛飛，這一刻，他應該是睡在鄉下奶奶家的床上做著甜夢吧！明天回來，看到我們的浮屍，他一定會痛哭流涕吧！他會的，他一定會傷心欲絕的，他說過，我是他的弟兄。

死亡的陰影黑壓的籠罩過來，夜，好可怕啊！故鄉，飛飛——飛飛，故鄉——我終於要向你們說再見了！飛飛，我的小主人，我親愛的兄弟，你知道我多不願意在這樣的情況下離開你啊！……

當我甦醒過來的時候，客廳裏燈火通明。除了小主人一家三口外還有一個濃眉大眼的男人坐在沙發上。電子鐘指著五點。

「飛飛睡到清晨四點的時候，突然到房間來叫醒我，他要我立刻載他回來，說什麼他做惡夢，夢到他心愛的魚快死了，我給他搞糊塗了，想不到，真有這麼回事，奇怪呀！」那個陌生的男人似乎沒有睡夠，說話時還打了個大呵欠。

「舅舅，謝謝您。是您救了飛飛他們。」小主人一臉的感激之情。

「飛飛，你不覺得這事很玄嗎？」

「這大概是所謂『心有靈犀』吧！我跟飛飛是拜把兄弟耶！」

女主人燒了一壺咖啡端出來。「都是我粗心。」她說：「昨晚為了方便換水，我拿掉了氣氣輸送管的插頭，換過水之後，卻忘了插好，唉！我怎麼會這麼糊塗呢？」

「媽，妳不要這樣責備自己了。」飛飛站起來摟著女主人。「其實，我也要負責任，匆匆忙忙去趕車，忘了檢查水族箱，唉！還好，飛飛他們沒怎樣，要不然，我真會難過死呢！」

「看來，要照顧一箱魚都不簡單哩！」男主人開口了：「我們要記取這次教訓。」

這一家子個個都是這麼善良，實在讓我感動。我還有一大段歲月可以活，我又能用什麼方式來回報他們的友善呢？是不是我本身的自然、真實就是他們快樂的泉源？我跟他們之間的關係到底在哪裏？……唉！這一連串的問題實在夠我傷腦筋了。在以後漫長的日子裏，大概也只有飛飛——我親愛的小主人，我可敬的拜把兄弟才能給我答案了。

（發表於央央週刊）

附錄

認真辦學、筆耕不輟的曾信雄校長

現年四十五歲的桃園縣高原國民小學校長曾信雄，在國教圈裡，是一位相當突出的人物。不僅由於他的操守、能力、教育理念和辦學績效深受肯定；同時在兒童文學和國語文教學方面的努力，也有耀眼傑出的表現。

在他三十三歲那年，就已取得了候用校長的資格，他是教育部實施甄選儲訓制度以來少數最年輕的校長之一。在十年主持校務的歲月中，他已換了三所學校，從山地復興鄉的奎輝國小，而後接掌分校獨立的德龍國小，任滿之後即調升現任的高原國小。每到一校，他都能在有形、無形方面有重大建樹，贏得同事的合作、地方人士的尊崇和主管長官的信賴。總體而言，他是一位有才華、有幹勁，智慧和手腕都相當圓熟的校長。

❖率先設置山地國小獎

六十一年八月，曾信雄校長以儲訓第一名的成績初次走馬上任，接掌復興鄉奎輝國小，他以年輕、熱忱以及幾句簡單的山地話，在短短的三個月內，和當地的居民建立起了友誼的橋樑。他以這座橋樑，把自己的教育基本理念不斷地跟家長和地方人士溝通，希望喚起大家對教育的重視。在他的努力奔走和老師的協助說服之下，幾項顯著的成果出現了，例如：（一）無故缺席的孩子減少了很多，即使風雨天，路遠點的家長也會帶著孩子來上課。（二）不做回家功課的學生減少了，這表示家長已能夠和老師充分合作，督促孩子做功課。（三）到學校來拜訪老師的家長增多了，這表示家長們已經知道重視孩子的教育。

曾校長認為：現在是一個多元性的社會，學校是個開放性的多元機構，絕不能關起門來辦學，學校要辦得好，除了教育工作者本身的努力之外，一定要爭取社區人士和學區家長的配合，要想得到社區人士和家長的配合，首先必須在觀念上溝通，讓他們體悟到教育的重要，這樣才能獲得他們行動上的支持。

主持奎輝國小校務三年，曾校長大力扭轉了一般家長對學校教育的一些錯誤觀念。他們不再認為：把孩子送進了學校，什麼事都是老師的責任。相對的，也提升了老師在家長心目中的地位。家長們對孩子的教育重視，校友們也對母校的弟妹寄予關懷，在曾校長的號召之下，「奎輝國小獎學金」設立了，雖然只募集了十萬元基金，但是，這筆獎學金的設置，卻有著不尋常的意義。這件事，是曾校長離開奎輝已經七年以後的今天仍然津津樂道的。

❖美化綠化校園不遺餘力

七十一年八月，曾校長調掌桃園縣龍潭鄉德龍國小。秉持他一貫的教育理念：「學生第一、老師至上。」他很快的給這所成立九年的分校，注入了蓬勃的朝氣和充沛的活力。

當時，德龍國小還沒有操場，學生只能在有限的空間內活動。曾校長到任後的第一件事便是爭取建設操場。

透過有關人士的協助，八個月後，設備完善的運動場興建完成，紅磚粉鋪設的跑道，學生們奔馳其上，自是興奮無比，當時桃園縣境內的國小有這種跑道的還屈指可數呢！

營造優雅的校園環境，是曾校長辦學努力的目標之一。他認為：學校就像一個大家庭，每一個孩子都希望擁有一個舒適的家；學生在校時間，每天超過八小時，當然也希望擁有一個優雅的學習環境，這樣不但可以使學生心情愉快，喜歡到學校來上課，而且間接也可以提高學習興趣，增進學習效果。

由於曾校長在求學時代修習過美術，所以他常以藝術的眼光來規劃校園的佈置。除了一般性的佈置之外，他運用得自各方面的資源，有計劃的在校園裡遍植花草樹木，尤其，對草花的培育栽植，他經常親自荷鉏挖地，澆水施肥，加上同事們的熱心配合，不到兩年，德龍國小的綠化、美化工作，在桃園已經遐邇聞名。七十四年四月間，在國際間享有崇高聲望的美國「美生協會」會員五十人到桃園訪問，教育局就特別推薦他們到德龍國小參觀。不僅如此，曾校長還倡導「美化家園選花種」運動，把學校採收的花種，送給學生帶回家培植；還透過新聞報導，讓有心人來函免費索取花種，一時傳為美談。

❖重視生活教育榮獲部長獎

由於曾校長辦學績效優異，德龍國小一任屆滿，便獲調升現任的高原國小。

高原國小有七十四年的校史，有得自傳統的穩固根基，更有優美的校園環境，彷若美景天成的公園。性喜雅靜的曾校長，投入了這種環境，簡直如魚得水，在各方面有利條件的配合下，不但環境美化了不少，還興建了標準的二百公尺PU人工跑道，以鄉下學校來說，這又是破天荒的創舉。

七十四年，高原國小在李秀鵬校長任內，曾獲全縣綠化、美化競賽第二名，由於曾校長的大力加強，七十七、七十八連續兩年，榮獲桃園縣政府頒發的「榮譽狀」（七十八年是全縣唯一受獎的園小），也因此，吸引了很多來賓前往參觀，參觀的人都有一個共同的感覺：高原國小是學生最佳的學習環境。

「有好的學習環境，才能培育氣質好的學生。」這是曾校長常說的話。因此，不論是在奎輝、在德能，或在高原，曾校長都強調「境教」的功能，再輔以「身教」，自能陶冶學生的性情，變化學生的氣質。

「學生因為天賦不同，努力的程度不同，在學業成績上，老師無法作齊一標準的要求。」曾校長時常告訴同事們：「但是，人性本善，兒童時期的可塑性又強，老師應盡全力調教出行為合乎道德規範的學生。」基於這種理念，曾校長特別重視生活教育。

「書念不好不重要。最重要的是不要學壞，誤了自己的前途，還可能危害社會人群。」他說。

七十七學年度，高原國小辦理生活教育，被評定為績優學校，接受教育部長頒獎表揚。七十八年四月間奉令辦理桃園縣生活教育、禮貌運動、交通安全教育等三項教學觀摩研討會，曾校長領導全體教職員工，結合社區人士的力量，圓滿順利的達成任務，深獲與會人員及上級單位的好評。

足以跟「生活教育部長獎」相提並論的是：七十六學年度，高原國小由於各方面的優良表現，榮登教育廳的「杏壇芬芳錄」，而且是全省唯一受獎的團體，這兩項至高無上的榮譽，寫下了高原國小輝煌燦爛的一頁，也使曾校長的辦學能力獲得了有力的肯定。

❖倡導兒童文學盡心盡力

曾校長服務過的學校，同事們對他都有很好的風評，他治事嚴謹，注重效率：為人親切誠懇，風趣健談。他責任心強，但對同事絕不嚴苛；他不唱高調，處處表現沉穩練達的作風，他民主開明的領導方式，在年輕的的校長群中，樹立了允為楷模的典範。領袖人物的特質，在他身上顯露無遺。

而這些特質的孕育，或許跟他的愛好有關吧！學生時代曾經是排、足球校隊的曾校長，年逾不惑，如今依然是馳騁網球場上的健將，且是桃園縣隊的代表。

曾校長不僅運動場上有一手，文學造詣也令人稱羨。從十九歲在中國時報副刊發表第一篇小說開始，二十六年來始終沒有時間斷過寫作。年輕的時候，他寫小說、散文、新詩、雜文；六十二年間參加過板橋教師研習會舉辦的「兒童讀物編寫班」以後，便全心投入兒童文學的創作行列。

兒童文學是文學教育中主要的一環，不僅可以陶冶兒童優美的情操，更可以使兒童在閱讀中領悟許多做人處事的道理。因為曾校長長時間的從事成人文學寫作，具有相當紮實的文學根基，所以投身兒童文學以後，很快的就有傑出的成績表現。

六十三年，曾校長以一齣題為「隱情」的獨幕劇本，榮獲教育部舉辦的國民小學教師兒童舞台劇創作比賽第一名，還奉派到板橋教師研習會參加為期一個月的「兒童戲劇研究班」，從此，曾校長矢志為中國兒童文學的推展盡心盡力。

省教育廳為了培育兒童文學方面的人才，從六十一年起，曾假板橋國教研習會分年舉辦了十期「兒童讀物寫作班」，分批召訓有志此道的國小教師。曾校長曾經多次參與研習籌備工作兼輔導講師。

最近十幾年來，桃園縣的兒童文學有著蓬勃的發展，教育局從六十四年起，連續印行了十本縣內國小教師兒童文學創作選集，免費分贈各校，也時常利用寒假舉辦教師的兒童文學創作研習。這些工作，這些活動，都必須有一批人在背後策劃、推動。曾校長即是幕後的功臣之一。

❖著作得獎多擠身近代名人錄

當時，兒童文學尚不被社會重視，所以，兒童文學工作者被稱為「寂寞的一群」。曾校長為了替他們打氣，連續一年在國語日報上介紹了十八位兒童文學作家以及他們的代表性作品，並加以評介，六十三年底，國語日報出版了這本專書，書名是：「兒童文學創作選評」，曾被譽為是「中國兒童文學史上的先河」。

在自己寫作的同時，曾校長也於六十二年起在楊梅國小成立了「兒童寫作實驗班」，經過了一年多的努力，學生發表的作品多達一百三十餘篇，並撰寫實驗專文發表。因教學績效卓著，且倡導兒童文學有功，六十三年獲選為台省特殊優良教師。

六十四年開始，曾校長擔任教務主任，並兼任桃園縣國教輔導團國語科輔導員，感於低年級老師指導兒童寫作的困難重重，決心寫一本「提早寫作引導」，這本書於六十五年間出版，一時洛陽紙貴，供不應求，中國語文學會也據以頒贈曾校長「中國語文獎章」。

六十六年間，曾校長又根據國父所著的「民權初步」，完成「給兒童改寫的民權初步」一書，期以這本書教會兒童集會議事必備的常識，作一個現代的民主人。本書不僅使曾校長榮獲教育部青年研究著作獎，國民黨中央黨部還曾特別嘉勉。

六十六年間，曾校長另外搜集了報刊發表的文章，出版了「兒童文學散論」一書，因為曾校長所出版的幾本書，都跟兒童教育相關，所以六十六年全國教育學術團體年會中，特別頒給曾校長「教育學術著作獎」。

六十七年青年節，在國父紀念館舉行的各界慶祝會中，曾校長從當時的救國團主任宋時選先生的手中，領到一面「青年獎章」，這是青年人至高無上的榮耀，而曾校長是當年教育界唯一的得獎人。

六十九年間，曾校長再以歷年來教學相長的經驗，出版「我教你寫記敘文」一書，七十年間又出版少年小說集「春華秋實」，本書更榮獲行政院新聞局的「金鼎獎」。

七十一間，亞太出版公司印行「中華民國近代名人錄」，曾校長與許多政界，商界聞人同時列名其上，更在他奮鬥的歷程中，憑添了無限的光彩。

這二十幾年來，曾校長除了出版上述跟教育有關的著作外，還出版了一些小說集、雜文集，雖不能誇稱「著作等身」，但說他是教育界的多產「校長作家」，倒是一點也不為過。

❖出國講學協助政府推行華語

由於曾校長在兒童文學及語文教學方面的優異表現，僑務委員會特別聘請他於七十四年間前往菲律賓擔任僑校教師研習會講座，獲得熱烈的好評。今〈七十八〉年暑假，僑委會再度遴聘他前往美國擔任華文教育研習會巡迴講座。很多人羨慕他可以「公費出國旅遊」，卻沒有仔細深思，這種機會是經過多少苦心歷練才換取的？

「天下沒有白吃的午餐。」高希均教授的這句話，曾校長常拿來勉勵年輕的老師。

曾校校長表示他不是喜歡出鋒頭的人，但對於自己應該做的工作都會全力以赴。「過去的努力如果有一點成績的話，我要感謝所有支持我、協助我的人。」他謙遜的說：「今天是個講求團隊的時代，個人的才能必須有相關適當條件的配合才能施展開來。」

作家擅於思考。曾校長這番話確實值得我們深思。

（葉煥漢校長撰文）

國家圖書館出版品預行編目

文戲人間 / 曾信雄著. -- 一版. -- 臺北市 :
秀威資訊科技, 2005[民94]
面； 公分. -- (語言文學類 ; PG0143)

ISBN 978-986-7263-25-4 (平裝)

848.6 94006370

語言文學類 PG0143

文戲人間

作　　者 / 曾信雄
發 行 人 / 宋政坤
執行編輯 / 詹靚秋
圖文排版 / 劉逸倩
封面設計 / 羅季芬
數位轉譯 / 徐真玉　沈裕閔
圖書銷售 / 林怡君
法律顧問 / 毛國樑　律師
出版印製 / 秀威資訊科技股份有限公司
台北市內湖區瑞光路583巷25號1樓
電話：02-2657-9211　傳真：02-2657-9106
E-mail：service@showwe.com.tw
經 銷 商 / 紅螞蟻圖書有限公司
台北市內湖區舊宗路二段121巷28、32號4樓
電話：02-2795-3656　傳真：02-2795-4100
http://www.e-redant.com

2005 年 4 月　BOD 一版、2008年 3 月　BOD二版
定價： 380 元

讀者回函卡

感謝您購買本書，為提升服務品質，請填妥以下資料，將讀者回函卡直接寄回或傳真本公司，收到您的寶貴意見後，我們會收藏記錄及檢討，謝謝！

如您需要了解本公司最新出版書目、購書優惠或企劃活動，歡迎您上網查詢或下載相關資料：http:// www.showwe.com.tw

您購買的書名：______________________________

出生日期：_______年_______月_______日

學歷：□高中（含）以下　□大專　□研究所（含）以上

職業：□製造業　□金融業　□資訊業　□軍警　□傳播業　□自由業

□服務業　□公務員　□教職　□學生　□家管　□其它_____

購書地點：□網路書店　□實體書店　□書展　□郵購　□贈閱　□其他

您從何得知本書的消息？

□網路書店　□實體書店　□網路搜尋　□電子報　□書訊　□雜誌

□傳播媒體　□親友推薦　□網站推薦　□部落格　□其他__________

您對本書的評價：（請填代號　1.非常滿意　2.滿意　3.尚可　4.再改進）

封面設計____　版面編排____　內容____　文／譯筆____　價格____

讀完書後您覺得：

□很有收穫　□有收穫　□收穫不多　□沒收穫

對我們的建議：______________________________

____

____

____

請貼
郵票

11466
台北市內湖區瑞光路 76 巷 65 號 1 樓
秀威資訊科技股份有限公司 收
BOD 數位出版事業部

(請沿線對折寄回，謝謝！)

姓　　名：＿＿＿＿＿＿＿＿　年齡：＿＿＿＿　性別：□女　□男

郵遞區號：□□□□□

地　　址：＿＿＿＿＿＿＿＿＿＿＿＿＿＿＿＿

聯絡電話：(日)＿＿＿＿＿＿＿＿(夜)＿＿＿＿＿＿＿＿

E-mail：＿＿＿＿＿＿＿＿＿＿＿＿＿＿＿＿